KB141736

약관대강당당

노무현

약관대 강당당

노무현

초판 1쇄 찍은날 2023년 3월 27일
초판 1쇄 펴낸날 2023년 3월 30일

지은이 황이수

펴낸이 최윤정
펴낸곳 나무와숲 | 등록 2001-000095
주 소 서울특별시 송파구 올림픽로 336 910호(방이동, 대우유토피아빌딩)
전 화 02-3474-1114 | 팩스 02-3474-1113
e-mail namuwasup@namuwasup.com

ISBN   978-89-93632-91-0   03810

노무현 참모
황이수가 말하는
'인간 노무현'

약관대 강당당
노무현

사랑했습니다
황이수

'사랑했습니다 황이수'

봉하마을 대통령 묘역 입구 중앙 앞줄 바닥 박석(얇은 사각 돌)에 씌어진 글이다.

사랑했던 님이 떠난 뒤 나는 미아가 된 느낌이었다. 방황의 연속이었다.

이제 내 나이도 어느덧 60. 나이 서른에 그분을 만나 청춘을 불태웠던 나는 행운아였다고 자평한다.

시간이 지날수록 그리움은 더욱 짙어지는데 소중한 기억들은 점점 흐릿해진다. 그동안 몇 번의 기회가 있었지만 이러저러한 이유로 글쓰기를 회피했다.

그러나 이제는 말하고 싶다.

가끔 꿈에 나타나는 그분의 활기찬 모습을 떠올리며 더 이상 미루지 않기로 마음먹었다. 내 추억 속의 그분을 오롯이 기록하고 공유하는 것이 어쩌면 나에게 주어진 의무일지도.

기억을 더듬어 글을 쓰는 동안 영화의 한 장면처럼 당시의 상황이 선명히 떠올랐다. 그분의 표정, 시선, 말투….

후회도 많다.
'내가 그때 왜 그랬을까, 좀 더 잘해 드릴걸….'

진심이 그리운 시기를 보내고 있다. 켜켜이 먼지 쌓인 진심을 하나하나 끄집어낸 나의 이 기록이, 노사모를 포함하여 그분을 그리워하는 분들에게, 그리고 유족들에게 작은 위로가 되기를 바란다.

먼저 하늘에 가 계신 그분의 미소를 기대하며.

2023년 봄
황이수

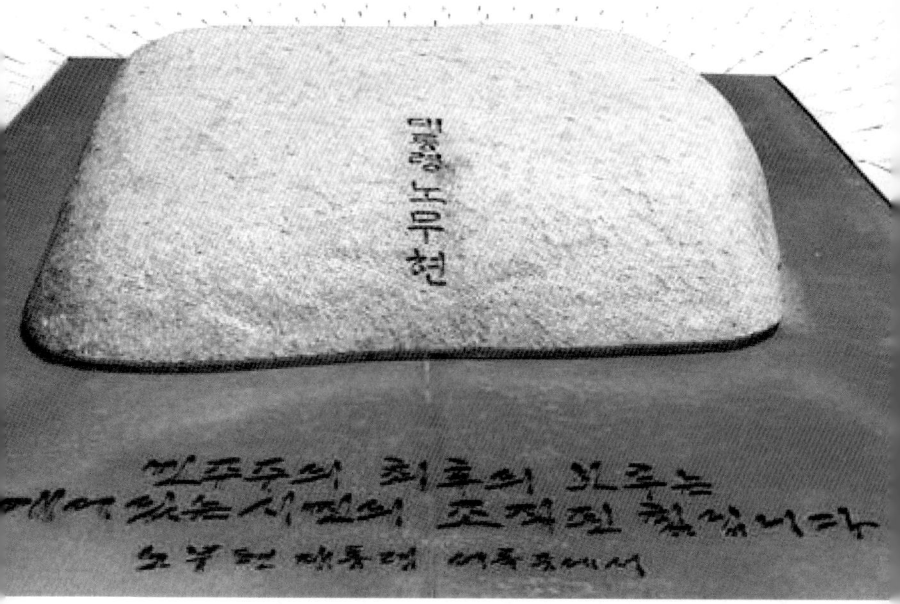
대통령 노무현
민주주의 최후의 보루는
깨어있는 시민의 조직된 힘입니다
노무현 대통령 어록에서

차 례

여는 글 · 4

비서 알러지 · 13

주먹말 훈수 · 18

좌우명 탄생 · 22

노심 황심 · 28

또 도전 · 36

또 또 도전 · 41

정당보다 사람 · 45

불경죄 · 50

발품 예산 · 56

노무현의 결벽증 · 59

이인제는 안 됩니다 · 62

누가 찍었나 · 65

홍보물 사랑 · 68

바보 노무현 · 73

취중진담 · 80

대통령과 조선일보 · 83

나란히 쉬 · 88

샤이 노무현 · 90

옥탑방 나도 몰랐는데… • 94

쇼 안 합니다 • 97

이해찬의 눈물 • 102

인사청탁 패가망신 • 106

선한 남자 김경수 • 109

빚은 갚아야지요 • 113

당신이 대통령 • 116

처음 받은 돈 • 119

비의 고문 • 122

관저에서의 담배와 술 • 127

바퀴벌레 • 133

최전방으로 • 138

님의 침묵 • 142

나의 보물 1호 • 145

아, 그날! • 152

닫는 글 • 158

약자에게
　　관대하고
강자에게
　　당당하라!

비서 일러지

1994년 가을 어느 날, 여의도 중소기업회관 903호 지방자치 실무연구소. 책장으로 둘러싸인 공간에, 1946년생 48살의 노무현 소장과 1964년생 30살의 내가 앉아 있다.

이른바 꼬마민주당 시절인 1991년, 중앙당 당직자였던 나는 여의도 충무빌딩 중앙당사에서 수시로 노무현 의원과 마주쳤지만 1:1 만남은 이때가 처음이었다.

지방자치실무연구소는 노무현 소장이 1992년 부산 국회의원 선거에서 낙선한 이후 1993년에 만든 사단법인인데, 정윤재(부산대)·이광재(연세대)·안희정(고려대) 등 전두환 군사독재정권에 맞서 민주화 투쟁을 했던 이른바 학생운동권 83학번 동기들과 그 외 서갑원 선배 등이 이미 연구원으로 참여하고 있었다.

그즈음 나는 민주당 장기욱 의원을 보좌하고 있었는데, 장의원이 1995년 충남도지사 선거에 도전하겠다면서 참모인 나에게 후보 대신 지방자치에 대해 공부해 달라고 부탁했다. 그런 연유로 연구소를 들락거렸는데, 장기욱 의원이 도중에 출마를 포기했다. 나는 의원실 복귀와 연구소 잔류를 놓고 고민하다가 의원으로부터 독립, 연구소에 남기로 했다.

연구소에 남기로 결정한 후, 갑자기 노무현 소장과의 면담 일정이 잡혔다. 당연히 연구소장의 신입 연구원 면접이라고 생각했다. 그런데, 아니었다. 연구원이 아니라 정치인 노무현의 참모로 참여시키려는 첫 관문이었다. 노무현 소장이 한 시간 이상 일방적으로 말했고, 나는 듣기만 했다. 내용은 하나도 기억나지 않고 '대통령 꿈이 있는 분이구나' 하는 생각을 했던 기억만 남아 있다. 지루한 시간이 끝나고 노무현 소장이 말했다.

"이수 씨, 내 정책 비서 해주세요~"

나는 단칼에 거절했다.

"죄송합니다. 저는 제 인생의 주인으로 살고 싶습니다. 비서로 살고 싶지 않습니다."

비서 알러지였다.

지금은 대학에 비서학과가 있을 정도로 비서가 전문직으로 인정받고 있지만, 당시 여의도에서는 비서를 깔보는 분위기가 있었다. 심지어 '비서 쪼가리'라고 낮잡아 부르기도 했다.

그래서였을 것이다. 나는 비서가 되고 싶지 않았다. 게다가 당시에는 '청문회 스타 노무현'이라는 것 외에 그분에 대해 아는 게 없었다. 그분의 진가를 전혀 몰랐던 것이다.

노무현 소장은 나의 거절을 전혀 예상하지 못했던 것 같다.

"그래요? 뭐, 할 수 없지요."

첫 대면은 어색하게 끝났다. 아마도 나는 건방진 S대 놈으로 찍혔을 것이다.

지금이라면 조금의 망설임도 없이 '고맙습니다. 많이 부족하지만 최대한 열심히 하겠습니다'라고 말했을 텐데….

당시 노무현 소장과의 면담이 끝나고 정윤재·이광재·안희정 세 명으로부터 "너 왜 그랬냐"는 원망과 비난이 쏟아졌던 기억이 떠오른다.

세월이 한참 흐른 뒤, 2008년 1월 평양을 처음 방문했을 때, 북측 책임자와 밤늦게 술을 마시며 대화를 나눈 적이 있다. 그런데 갑자기 우리로 치면 청와대 비서관급인 56년생의 그가 나에게 자기 비서를 해달라고 했다. 불쾌했다. 남쪽에서 대통령 비서관을 했던 나에게 감히 북쪽 '비서관의 비서'를 해달라니….

당연히 거절했다. 다음날 아침 방북단 남쪽 책임자인 김경성 씨에게 불쾌했던 전날 밤의 일화를 얘기했더니 껄껄 웃으며 한마디 했다.

"이수 씨, 북쪽에선 비서가 지도자를 의미합니다. 비서가 돼달라고 얘기한 건 지도해 달라는 겁니다."

아, 남과 북의 말도 분단되어 있구나. 북쪽의 선의를 남쪽의 내가 완전히 오해했던 것이다.

얘기한 김에 하나만 더. 평양 어느 호텔 식당에서 낙지볶음을 주문했는데, 오징어볶음이 나왔다. 당연히 불만을 제기했다. 그러나 식당측은 "이게 낙지입니다" 하며 물러서지 않았다. 화가 났지만 꾹 참고, 다음날 평양 시내 서점에 들렀다. 『조선말큰사전』에서 낙지를 찾아봤더니, 다리가 10개라고 적혀 있는 게 아닌가. 아, 언제부터였는지 모르지만 북쪽 낙지는 남쪽 오징어였다.

주먹말 훈수

정책 비서가 아닌 연구원 생활은 나름 재미있었다. 책 읽고, 원고 쓰고, 강의 다니고, 인터뷰도 하고….

1995년 초 어느 날, 연구소로 나를 찾는 전화가 걸려왔다. 받아 보니, KBS PD였다. 매주 일요일 아침에 방송하는 〈정책진단〉 프로그램 담당이라면서 인터뷰를 하자고 했다. 며칠 전 내가 기고한 글을 보고 전화했다는 것이었다. PD와 다음날 오후에 인터뷰하기로 약속하고, 나는 인터뷰 내용을 준비하기 시작했다.

인터뷰 시간은 1분 30초, 지방자치단체장의 인사권에 관한 것이었다. 인터뷰가 내 개인의 문제일 뿐만 아니라 연구소 홍보 및 명예에도 관련 있는 문제라 판단하고 동료 연구원들과 인터뷰 내용에 대해 상의했다.

잠시 후, 노무현 소장이 말했다.

"뭔데요? 인터뷰요? 내가 도와줄까요?
내가 명색이 민주당 대변인 출신입니다.
주먹말이 중요합니다…."

그랬다. 주먹말이 중요했다. 1분 30초 짧은 인터뷰의 핵심을 찌르는 한 단어. 뭐가 좋을까? 민선 지방자치단체장이 가진 인사권의 한계를 대표할 만한 주먹말.

고민고민하다가 노무현 소장의 조언을 받아들여 '종이 호랑이'로 주먹말을 정하고 인터뷰 원고를 작성했다. 1분 30초 인터뷰를 위해 세 시간 정도 준비했다. 원고를 정리하면서 외우고, 또 수정하면서….

다음날 카메라 기자와 함께 연구소를 방문한 PD가 "박사님…" 하고 말을 건넸다. 내가 박사인 줄 알았나 보다.

"저 박사 아닌데요" 하자, PD는 잠시 멈칫하더니 "아, 괜찮습니다" 하고 말했다.

인터뷰는 NG 없이 한 번에 끝났다. 노무현 소장의 '주먹말' 훈수 덕이다. 정책 비서 거절로 어색했던 관계는 그렇게 인터뷰 훈수를 계기로 자연스럽게 풀어졌다.

그로부터 한참 뒤인 2002년 대통령선거 때 나는 '주먹말 훈수' 빚을 갚았다. TV 토론을 앞둔 어느 날, 노무현 의원이 쓸 만한 주먹말이 없다고 답답해하면서 주먹말을 하나 찾아 달라고 했다.

며칠 뒤 나는 '소신'을 주먹말로 삼자고 제안하며, 당시 유행하던 유오성 씨의 동원증권 CF 카피를 차용하자고 했다. '모두가 예라고 할 때 아니라고 할 수 있는 친구….'

소신과 고집 양면성이 있지만, 1990년 김영삼 씨의 3당 야합 거부, 낙선을 각오하고 지역주의 극복을 위한 도전을 계속해 온 노무현 후보의 이미지에 딱 맞는 주먹말이라는 생각이 들었던 것이다.

다행히 마음에 드셨는지 노무현 후보는 TV 토론을 시작하기 전 인사말에서 소신 주먹말을 사용했다. 그날 토론이 끝난 직후 기분 좋아하시며 웃던 후보의 모습이 떠오른다.

2002년 노무현 민주당 대통령 후보 초청 토론회.
후보는 TV 토론을 시작하기 전 인사말에서 소신 주먹말을 사용했다.
1990년 김영삼 씨의 3당 야합 거부, 낙선을 각오하고 지역주의 극복을 위한
도전을 계속해 온 노무현 후보의 이미지에 딱 맞는 주먹말이었다.

좌우명 탄생

1995년 5월 어느 날, 노무현 소장이 갑자기 그해 6월 27일로 예정된 부산시장 선거에 도전하겠다고 선언했다. 지역주의가 극심한 상황에서 부산에서 민주당 간판으로 출마한다는 것은 결과가 불을 보듯 뻔했다. 하지만 지역주의를 극복하기 위해 계속 도전하겠다는 헌신적 결단이 마음에 크게 와닿았다.

자신을 위한 정치가 아니라 나라와 국민을 위한 정치, 그것이 정치 본연의 임무이고 대의명분이다. 지역주의는 그걸 가로막고 있었다. 호남과 영남의 지역감정을 부추겨 서로 적대시하게 하고, 이른바 작대기만 꽂아도 김대중당이면, 김영삼당이면 당선시켜 주는 망국적 지역주의가 버티고 있는 한 정치발전은 기대할 수 없었다.

이런 괴물 같은 지역주의에 맞서겠다는 노무현 소장이 멋있어 보였다. 화살이 빗발치는 전투 현장에서 말을 탄 채 칼을 빼들고 '나를 따르라'고 외치며 맨 앞에서 달리는 대장의 모습이었다.

'나 같으면 그럴 수 있었을까?'

정책 비서는 거절했지만 선거는 도와야겠다고 마음먹고, 5월 18일 부산 출신의 정윤재와 같이 '역사의 현장 부산'으로 내려갔다. 먼저 부산진역 앞 사무실 부근에 하루 5천 원짜리 여인숙을 얻어 숙소 문제를 해결했다. 정윤재는 부산 출신답게 부산 지역 운동권 선후배들을 설득하는 일부터 시작했다. 저녁마다 사람들을 만나 술을 마시며 선거캠프 합류를 제안하고, 밤늦게 여인숙으로 그들을 데리고 왔다. 그중 상당수가 다음날부터 선거캠프에 합류했다. 그중 한 명이 지금 더불어민주당 최인호 의원이다.

나는 뭐든 시키는 대로 다 하자는 자세로 선거에 임했다. 선거 조직이 만들어지면서, 부산 출신도 아닌 내가 부대변인 직함을 받고 언론을 담당하게 됐다.

정책 비서를 거절당한 아픈 기억 때문인지, 노무현 후보는 선거 조직표를 무시하고 부대변인 대신 굳이 '공보 비서'라고 했다. 비서를 강조한 것이다.

6월 초, 대면 인터뷰 아니고 서면 인터뷰 질문 항목 하나에 막혔다. 후보의 좌우명을 묻는 질문이었다.

"의원님, 좌우명이 뭔가요?" (전직 의원이지만 예의상 의원님으로 불렀다.)
"없는데요."
"그럼 이번 기회에 하나 정하시죠."

"…음… 모난 돌이 정 맞는다."

"네?"
"흐흐, 농담입니다. 나 자랄 때 어머니가 늘 하시던 말씀이라…."

내가 노무현이란 정치인에게 들은 첫 번째 농담이었다. 그리곤 골라잡으라는 듯이 몇 가지 좌우명 후보들을 쏟아냈다.

"역지사지"

"좋습니다만… 2% 부족한 느낌입니다."

"대기만성,

진인사대천명,

하늘은 스스로 돕는 자를 돕는다…."

다 좋은 말이지만 노무현 후보 이미지에 딱 맞는다는 느낌이 들지 않았다. 그러다가 마침내 나온 말.

"약자에게 관대하고 강자에게 당당하라."

"네, 그거 좋네요. 의원님 이미지하고도 잘 어울립니다. 이걸로 하시죠."

언행일치. 말하기는 쉬워도 그대로 실천하기란 어렵다. 특히 불이익이 예상되는 경우에는 더욱 어렵다. 그러나 노무현 후보는 불이익을 감수하고 "약자에게 관대하고 강자에게 당당하라"는 좌우명에 어울리게 살아온 사람이다.

1995년 6월 민주당 부산시장 후보 시절.
그는 불이익에 굴하지 않고, 지역주의 청산을 위해
김영삼 대통령의 정치 고향인 부산시장 선거에 도전했다.
그런 점에서 '약 관대, 강 당당'은 노무현 후보의 정치 이력과
참 잘 어울리는 좌우명이 아닐 수 없었다.

인권변호사로 활동하고, 국회 5공비리 청문회에서 장세동·정주영 등 거물을 상대로 주눅들지 않고 당당하게 추궁하는가 하면, 김영삼 씨의 3당 합당을 정치야합이라고 비판하며 거부했다.

또한 조선일보에 굴하지 않고 소송까지 불사하며 맞섰고, 지역주의 청산을 위해 김영삼 대통령의 정치 고향인 부산시장 선거에 도전했다.

그런 점에서 '약 관대, 강 당당'은 노무현 후보의 정치 이력과 참 잘 어울리는 좌우명이 아닐 수 없었다.

정확한 날짜를 확인할 길은 없지만, 1995년 6월 어느 날 정치인 노무현의 좌우명은 그렇게 정해졌고, 나도 그날부터 이것을 나의 좌우명으로 삼고 있다.

노심 황심

1995년 6월 27일 부산시장 선거를 하루 앞둔 26일 오후, 부산 A 신문사 편집국. 노무현 후보의 사실상 대변인 역할을 하고 있던 나는 A 신문사의 편파적 불공정 행위에 대해 항의 방문하였다가, 그만 대형 사고를 치고 말았다. 대화를 나누다가 격분하여 담당 부장의 뺨을 때린 것이다.

뺨을 때리기까지의 과정은 이랬다.
선거사무실에서 A 신문사의 신문을 보던 중, 이상한 점 하나를 발견했다. TV 프로그램 편성표에 우리 후보 이름만 빠져 있는 것이었다.

MBC 8시 50분 선거연설 방송 〈문정수 후보〉
KBS 8시 50분 부산시장 후보 연설

'어, 왜 우리 후보 이름이 빠졌지?'

부산시장 후보 연설이라고만 돼 있고 '노무현'이라는 글자가 없었다. 황당했다. 선거일 하루 전 TV 연설은 제일 중요한 마지막 선거운동이었기 때문에.

A 신문사에 전화를 걸어 담당 부장과 통화했다.

"저 노무현 후보 부대변인 황이수입니다. 우리 후보 이름이 빠져 있는데 어떻게 된 겁니까?"

"아, 그거는 KBS에서 보내준 거 그대로 실었을 뿐입니다."

KBS에 전화를 걸었다. A 신문사 담당 부장과 통화한 내용을 전했더니, 펄쩍 뛰면서 KBS에서 A 신문사에 보낸 팩스 원본이라며 우리 선거사무실로 팩스를 보내 주었다. 거기엔 분명 '노무현' 이름 석 자가 적혀 있었다.

다시 A 신문사에 전화를 걸어 담당 부장과 통화했다.

"어떻게 된 겁니까?"

"뭐 그럴 수도 있지요."

"야 이 XXX야, 너 거기 그대로 있어!"

순간 A 신문사 담당 부장의 농간에 분을 못 참고 욕을 해 버린 것이다.

참고로 이 사건 이전에 A 신문사에 대해서는 안 좋은 기억이 있었다. A 신문사는 선거 한 달 전쯤 여론조사 결과를 보도하면서 1면 톱 기사로 '노무현 44.2%, 문정수 38.7%'를 보도한 바 있다. 당연히 후보 지지도 숫자였다. 5.5% 차이였다.

그러나 이 기사는 오래가지 못했다. 가판이라 불리는 초판에만 실렸던 것이다. A 신문사는 본판부터는 '노무현 22.5%, 문정수 21.5%'로 제목을 바꿔 내보냈다. 1% 차이였다. 기사를 읽어 보니, 지지도가 아닌 시장 적합도 수치였다. 그리고 부제로 '경남지사, 김혁규 34 강갑중 10%'라고 지사 적합도가 아닌 지지도를 실어 놓았다.

어처구니가 없었다. 편집의 자유를 악용한, 그야말로 '악마의 편집'이었다. 조사 항목에 실제로 적합도 설문이 있었는지 확인해 볼 수도 없었고, 악마의 편집이라고 논쟁하는 것도 부적절해서 일단은 대응하지 않았다.

전화를 끊고 호흡을 가다듬으며 A 신문사로 갔다. 분노가 폭발해 욕설을 참지 못한 것은 명백한 나의 잘못이었다. 나의 개인적 문제에 그치는 것이 아니라 노무현 후보의 선거에도 나쁜 영향을 미칠 수 있는 중요한 문제였기에, 우선 욕설 사고를 수습해야 했다.

편집국으로 들어가니 전면 중앙의 편집국장 자리는 비어 있었다. 나는 왼쪽 끝자리 담당 부장 앞으로 가서 거의 90도로 고개를 숙이고 사과했다.

"죄송합니다. 조금 전 전화로 결례를 범했습니다."
"이해합니다."
일단 욕설 사고는 수습됐다고 판단하고 물었다.

"그런데 부장님, 우리 후보 이름이 빠진 거는 설명해 주시죠."
"뭐, 그럴 수도 있지요."

그 순간 내 오른손이 제멋대로 움직였다. 그 부장의 왼쪽 뺨을 후려친 것이다. 주변에 있던 기자들은 영문도 모른 채

자기네 부장을 때린 내게 달려들어 나를 제압했다. 격렬한 몸싸움 탓에 내 셔츠 단추가 다 떨어져 나갔다.

곧이어 전투경찰 수십 명이 출동했고, 나에게 수갑을 채웠다. 폭행죄 현행범이었다. 그러나 잠시 후 편집국장이 나타나더니 "누가 경찰 불렀어?" 하면서 수갑을 풀어 주게 하고 경찰들을 철수시켰다. 도둑이 제 발 저린다고 A 신문사의 원죄가 있어서 그런 거라고 생각했다.

그때서야 정신이 들었다.
'아, 내가 큰일을 저질렀구나!'

우선 노무현 후보에게 보고하는 것이 순서였다. A 신문사 로비 공중전화 부스로 가서 후보의 카폰으로 전화를 걸었다. 수행비서가 후보를 바꿔 주었다.

"의원님 죄송합니다. 제가 사고 쳤습니다."
"뭔데요?"
"A 신문사 담당 부장을 팼습니다."
"얼마나 팼습니까?"

"얼굴을 한 대 팼습니다."

"상대방 상태는요?"

"이빨은 안 부러진 거 같고, 피는 못 봤습니다."

"그래요? 잘했습니다. 철수하세요.
내가 해결할게요."

사고 친 젊은 참모를 야단치기에 앞서 우선은 안심시키려
는 맏형 같은 느낌이었다.

노무현 후보가 A 신문사를 방문해서 사과를 했다는 설도
있었지만, 나는 후보에게 확인하지 않았다.

다음날, 선거는 졌다. 예상대로 지역주의의 벽을 넘지 못했
다. 1992년 대통령선거 패배 이후 정계를 떠났다가 1995년
지방선거를 기회로 '지역등권론'을 주장하며 사실상 정계
에 복귀한 김대중 씨와 김영삼 대통령의 대결 구도에서, 노
무현 후보와 문정수 후보의 대결은 주목받지 못했다.

이런 악조건에서도 노무현 후보는 선전했다. 노무현 후보의 인기에 위기를 느낀 김영삼 대통령은 6월 8일 부산을 방문해 선물 보따리를 풀며 사실상 문정수 후보를 지원했다. 요즘 같으면 대통령의 불법 선거 개입이라며 탄핵을 추진할 수도 있는 반칙이었다. 어쨌든 노무현 후보의 인기가 좋아서 '혹시나' 했지만 결과는 '역시나'였다.

선거대책본부 해단식을 끝내고 핵심 참모 10여 명과 뒤풀이를 하는 회식 자리에서 후보가 한말씀 했다.

"다들 내 선거 돕느라 고생 많았습니다. 근데…"

노무현 후보는 잠시 뜸을 들였다. 나를 쳐다보는 것 같았다. 나는 뜨끔했다.

"근데, 여기 내 선거 안 도와준 사람이 한 명 있습니다. 이 사람은 자기 선거 했습니다."

폭행죄 사고 친 얘기였다. 나는 죄책감에 고개를 들 수가 없었다.

그런데, 반전.

"이수 씨, 한잔 합시다. 제일 고생 많았습니다."

아, 그때서야 나는 후보의 말씀이 나에 대한 원망과 비난이 아니라 격려임을 깨달았다. 조선일보에 맞서 싸웠던 노무현 후보는 이심전심, 아니 노심황심으로 내가 후보의 좌우명을 실천했다고 인정해 준 것이다.

물론, 폭행은 이유 여하를 불문하고 명백히 잘못이다. 다만, 정상참작으로 이해와 용서를 받았을 뿐.

이 대형 사고는 노무현 후보에게 깊이 각인된 듯하다. 2000년 부산 북강서을 선거 때도 나에게 또 언론을 담당하게 했다. 그리고 2002년 대선 기간, 선거 상황이 괜찮을 때는 "이수 씨, 이젠 패지 마세요", 선거가 잘 안 풀릴 때는 얼마나 답답했으면 "이수 씨, 누구 안 패요?" 하셨다.

농담이었지만 농담 속 진담이었는지도….

또 도전

부산시장 선거에서 패배했음에도 노무현 의원의 의지는
전혀 꺾이지 않았다. 1996년 총선이 다가오자, 또 부산에
출마하겠다고 했다.

1995년 6월 부산시장 선거를 돌아보면, 선거 기간 내내
노무현 후보가 선거 분위기를 압도했다. 그러나 '노무현이,
사람은 좋은데 당이 파이라', '김대중당 아이가' 하는 인식
이 팽배해 있었다.

더군다나 선거 막판 '노무현 당선시켜 김대중 대통령 만
들자'는 내용의 편지가 전남 순천우체국, 광양우체국 등
의 조잡한 고무도장이 찍힌 편지봉투에 담겨 부산 유권자
집집마다 배달되었다. 조직적으로 지역주의에 불을 지른
것이다.

그런 악조건에서도 37.6%의 지지를 받은 것은 대단한 일이었다.

1995년 6.27 지방선거 직후, 김대중 씨가 당을 쪼개고 나갔다. 1991년 야권통합 이후 불안했던 동거가 끝난 것이다. 이런 정치 상황이 노무현의 1996년 부산 선거 도전에는 플러스 요인이 될 수도 있었다.

어쨌든 노무현 의원은 1988년 첫 당선 이후 1992년 낙선, 1995년 낙선에 이어 1996년 다시 부산에서 네 번째 도전을 준비했다. 그리고 참모들에게도 출마를 권유했다. 물론 나에게도 출마를 권유했다. 사실상 강요였다.

"이수 씨도 싸우세요. 집이 어디죠?"
"경기도 안산에 삽니다."
"그럼 안산에서 출마하세요."

거절할 수 없었다. 선거사무실을 물색하고, 지인들에게 선거 출마 계획을 알리며 도움을 청했다. 그리고 선거 전략을 짜기 위해 여론조사를 해보는 등 출마 준비를 착착 진행해 나갔다.

그러던 어느 날, 노무현 의원에게 전화가 걸려 왔다.

"미안합니다. 출마 접어 주세요. 나 당에서 종로에 출마하랍니다. 내 선거 도와주세요."

솔직히 말해 짜증이 났다. 이미 중앙 일간지에 나의 출마 기사도 보도된 상황. 벌여놓은 일을 번복하고 수습하자니 우스운 사람이 될 게 뻔했다.

냉정히 따지고 보면, 선거 구도상 정당 간의 대결 구도가 기본인 상황에서 결과가 뻔한 선거였기에 나의 출마 중단은 오히려 고마운 일이었다. 하지만 노무현 의원의 종로 출마 또한 결과가 뻔하기는 마찬가지였다. 김영삼 대통령의 신한국당, 김대중 총재의 새정치국민회의, 양 김씨의 양강 대결 구도 속에서 민주당(잔류 민주당 세력과 개혁신당이 통합해 만든 당)의 설자리는 보이지 않았다.

그럼에도 불구하고 지역주의에 기반해 정치를 주도하는 양김 세력에 도전하는 노무현, 지역주의에 가로막혀 깨지더라도 당당히 맞서겠다는 노무현 후보를 외면할 수 없었다.

1988년 13대 국회의원 선거에서 1노3김 청산을 외치며 한
겨레민주당을 창당하고 종로구에 도전했던 제정구 후보
를 도와 자원봉사를 했던 일이 떠올랐다. 당시 합숙 생활
을 했던 '신진장'이라는 여관도 기억났다. 유인태 선배와
한 조가 되어 풀통을 들고 '나왔다 제정구'라는 문구가 적
힌 갱지를 골목골목 담벼락에 붙이고 다녔던 일도 생각났
다. 그로부터 8년이 지나 다시 종로구 선거에 뛰어들게 된
것이다.

1996년 종로구
국회의원 선거에 출마한
노무현 후보의 홍보물 표지

승리할 가능성은 비록 적었지만, 길게 보면 결국 승리하는 역사 투쟁이라 생각하고 선거운동에 임했다. 상황실장을 맡은 나는 종로1가 선거사무실 뒤에 합숙용 여관방을 얻고는 최선을 다해 열심히 선거운동을 도왔다.

그러나 역시 예상했던 대로 패배했다. (잔류)민주당 간판으로는 역부족이었던 것이다. 김영삼 대통령의 신한국당 이명박 후보가 당선되었다. 노무현 후보로서는 연속 세 번째 낙선이었다.

또 또 도전

1996년 15대 총선에서 패배한 후 노무현 의원은 SBS 라디오 방송에 고정 출연하는 등 활동을 이어갔지만, 참모들은 생계 대책이 시급했다. 일단 몇몇 국회의원실에 몸을 의탁하기로 했다.

나는 노무현 후보 후원회장님의 소개로 (잔류)민주당 비례대표로 당선된 소설가 김홍신 의원실에 취직했다. 첫 대면에서 "의원은 주연 배우고 보좌진이 감독"이라는 김홍신 의원의 말에 책임감을 느껴 열심히 일했다.

지금도 제일 기억나는 사건 하나. 식품의약품안전처가 생기기 이전인 식품의약품안전본부(이하 '안전본부') 시절이었는데, 임상시험 자료 제출을 요구했으나 자료가 너무 많다며 제출하지 않았다. 그래서 차를 몰고 직접 불광동에 있는 안전본부를 찾아가 서류 창고에서 두꺼운 서류철을 통째로 차에 싣고 의원실로 가져왔다. 밤새 서류를 보다가, 고아원 임상시험 기록을 발견했다. 뭔가 이상하다는 생각이 들어 당시 보좌관이었던 김서용 선배에게 보고했다.

"김 선배, 이거 이상한데요."
김 선배는 즉각 반응했다.
"갑시다. 고아원 원장을 만나 봅시다."

그날 밤, 우리는 상도동 소재 고아원을 방문했다. 원장을 만나 보니, 제약회사에서 약을 기부한다고 원장을 속이고 고아들을 대상으로 불법 임상시험을 자행한 것이었다. 이 사건은 당시 우리 사회에 경종을 울렸고, 약사법 개정으로까지 이어졌다. 이러한 의정 활동 보좌는 보람도 있었고 재미도 있었다. 월급도 적지 않았다.

한편 1997년 치러진 대통령선거에서 노무현 의원은 김대중 후보의 당선을 도왔다. 이듬해 이명박 의원의 구속으로 종로구 국회의원 보궐선거가 실시되자, 노무현 의원은 김대중 정부의 여당 후보로 나서 당선되었다.

1988년 부산 동구에서의 첫 당선 이후 청문회 스타, 김영삼 총재의 3당 야합 거부, 1992년 부산 낙선, 1995년 부산 낙선, 1996년 종로 낙선을 거쳐 두 번째 당선이었다. 드디어 대한민국 정치 1번지 종로의 국회의원이 된 것이다.

모든 것이 순조로워 보였다. 그러나 평화는 오래 가지 않았다. 1999년 초 어느 날, 노무현 의원은 참모 소집령(?)을 내렸다. 함박눈이 제법 내리고 있었다. 어둠이 깔린 종로의 한 음식점. 10여 명의 참모들이 모인 가운데, 노무현 의원이 이야기를 꺼냈다.

"나 또 부산 갈랍니다.
내년 선거에 부산에서 출마할랍니다."

잠시 침묵이 흘렀다. 내가 한마디 했다.
"의원님, 이제 그만하시죠. 너무 힘든 가시밭길 그만 가시고, 탄탄대로 정치 1번지 종로 국회의원 계속 하시죠."

그러자 노무현 의원은 울먹이면서 말했다.

"운동권이 왜 말립니까?
내가 싸우겠다는데….."

당신은 심사숙고 끝에 종로에 안주하고 싶은 욕망을 뿌리치고 대의를 위해 어렵게 결정한 일인데, 누구보다 알아주고 박수쳐 줘야 할 참모가 반대하는 것이 못내 서운하고 섭섭해서 울먹였을까.

정치 1번지 종로 국회의원을 포기하는 것이 아깝기도 하고 부산에 다시 도전하는 것이 걱정되기도 해서 다들 반대하고 싶었지만, 망국적 지역주의를 반드시 깨부수겠다는 노무현 의원의 의지가 너무 강해 어쩔 수 없이 존중하고 따르기로 했다.

나는 다음날 김홍신 의원에게 사직서를 제출하고 노무현 의원의 부산 재도전 프로젝트에 합류했다.

정당보다 사람

김홍신 의원에게 사직 의사를 밝히고 동의를 받은 다음 날인가, 국회의원회관 302호 김홍신 의원실로 노무현 의원이 방문했다. 물론, 내가 사전에 두 분께 부탁드리고 흔쾌히 동의해 주셔서 잡은 일정이었다.

"두 분 대화 나누시죠. 황 마담이 커피 타드리겠습니다."

김홍신 의원이 먼저 입을 열었다.

"그동안 황 보좌관 꿔 주셔서 고맙습니다.
이번에는 제가 꿔 드리는 겁니다.
부산에서 꼭 당선되십시오."

노무현 의원의 답.

"네, 고맙습니다.
열심히 잘 하겠습니다."

이 시기, 김홍신 의원은 야당인 한나라당 소속이었고, 노무현 의원은 여당인 국민회의 소속이었지만, 두 분은 정당을 뛰어넘어 서로 신뢰하고 존중하는 사이였다. 이처럼 특별한 관계였기에 2002년 대선 때 김홍신 의원은 노무현 후보를 공격해 달라는 이회창 후보의 부탁과 지시를 거부했던 것이다.

노무현 의원은 참모들에게 한 번도 반말을 하지 않았다. 꼭 '씨' 자를 붙여서 불렀다. '이수 씨'. 김홍신 의원도 보좌진에게 한 번도 반말을 하지 않았다. 차이라면 '씨' 자 대신 '황 보좌관' 하고 직책을 붙여서 불렀다는 것. 참모를 존중하는 품성을 두 분 다 갖고 있었다. 소설 『인간시장』의 주인공 장총찬처럼 살고 싶었던 김홍신 의원과 '약 관대 강당당'의 노무현 의원은 서로 배짱이 맞는 사이였다.

한편 1996년에는 국회의원을 만나러 온 국민들이 의원회관 건물 후문 지하 1층에 있는 면회실을 거쳐 출입해야만 했다. 당시 김홍신 의원은 나라의 주인인 국민이 후문 지하로만 출입해야 하는 잘못을 지적하고 국회의장에게 개선을 요구했다. 그 뒤 언제인지는 모르나 마침내 개선되어, 지금은 의원회관 정문 1층에도 면회실이 있어 그곳으로 출입할 수가 있다.

상식적으로 너무도 당연한 일이지만, 그때는 비상식이 당연하게 받아들여지던 시대였다.

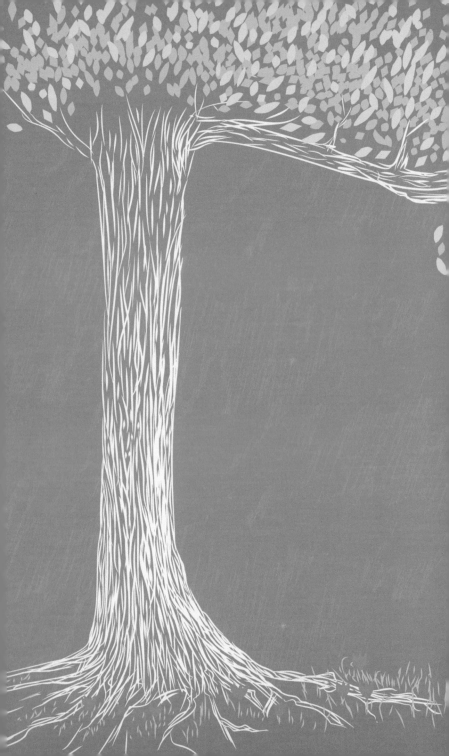

참모가 이른바 불경죄를 저질렀는데
먼저 사과하고 포용하는
큰 가슴의 노무현은 이미 지도자였다.

불경기

노무현 의원은 부산에 재도전하기로 결심한 후, 1999년 당에 동남특위를 설치하고 부산 양정 지역에 동남특위 사무실을 냈다. 그리고 8월경 경기도 양평에서 참모들과 동남특위 실무자 전체가 참여하는 단합대회를 가졌다.

단합대회는 1부 노무현 의원의 특강, 2부 야외 맥주 모임으로 진행되었는데, 1부 특강이 너무 길어졌다. 그만큼 하고 싶었던 말씀이 많아서였을 것이다. 특강을 하기 직전인 1999년 7월 《한겨레21》 표지 모델로 노무현 의원이 실렸는데, 2위 이회창, 3위 이인제를 제치고 노무현 의원이 차세대 리더십 1위에 올랐다.

말씀이 많이 길어지자 집중도가 떨어지면서 빨리 끝내주기를 바라는 눈빛들이 나에게 쏠렸다. 악역(?) 담당이었지

1999년 7월 《한겨레21》 제264호
표지를 장식한 '대중이 선호하는
차세대 리더십 1위 노무현'

만 특강 중인데 어찌해야 할지 난감했다. 그때 노무현 의원
의 말 한마디가 귀에 꽂혔다.

"…이 정도면 내가 지도자 아닙니까?"

순간 나는 대답 대신 불쑥 한마디 하고 말았다. 이른바 초
를 친 것이다.

"의원님, 겸손하십시오. 아직은 지도자 아닙니다. 지도자
가 되기 위해 준비하는 단계입니다."

당황한 노무현 의원이 어색하게 "어, 미안합니다" 하면서 특강을 끝냈다.

아, 내가 미쳤지. 왜 그랬을까?
너무 미안해서 서둘러 강의실을 나와 야외 제일 구석 자리로 가서 숨었다.

그런데 노무현 의원이 큰 키를 보고 나를 발견했는지 내쪽으로 걸어왔다. 나는 차마 고개를 못 들고 안절부절 못했다.

"이수 씨 미안합니다."

너무 심했다고 한소리 들을 줄 알았는데, 나의 예상을 깨고 노무현 의원이 먼저 사과했다. 고개를 들어 보니 웃음 가득한 얼굴이었다. 이어 조금 쑥스러운 표정으로 말했다.

"내가 그렇게 오래 얘기한 줄 몰랐습니다."
"아닙니다. 의원님, 정말 죄송합니다."

의도한 건 아니었지만 참모가 대장을 공개적으로 면박을 준 이른바 불경죄를 저질렀는데, 먼저 사과하고 포용하는 큰 가슴의 노무현은 이미 지도자였다.

비 온 뒤에 땅이 굳는다고 했던가?
불경죄 사고는 오히려 더 끈끈한 관계를 만들어 주는 계기가 되었다. 우리는 맥주잔을 들고 기분 좋게 건배했다.

생각할수록 노무현 의원은 정말 대단한 분이다. 나이 어린 참모에게 먼저 사과한다는 것은 결코 쉬운 일이 아니기 때문이다. 당신의 좌우명 그대로 약자에게 관대한 사람이었다.

요즘 정치인들을 보면 말실수를 하고도 사과하지 않는 사람들이 제법 많다. 사과를 하는 것이 잘못을 인정하고 지는 것이라고 생각하는 것 같다. 많이 아쉽다. 사람은 누구나 실수할 수 있다. 쿨하게 사과하면 이해하고 박수쳐 줄 수도 있는데….

고3 때 기억 하나가 떠오른다.

시험을 보고 있는데, 복도가 갑자기 시끄러워졌다. 문제를 다 푼 다른 반 학생들이 먼저 교실을 나와 웅성거리고 있었던 것이다. 문제를 다 푼 우리 반 학생들도 교실 밖으로 나가고 싶어했다. 그러나 우리 반 시험 감독 선생님은 요지부동이었다. 수업 한번 들어 본 적 없는, 전혀 모르는 선생님이었다. 내가 손을 들고 다른 반처럼 우리도 나가게 해달라고 말했다.

그러자 그 선생님은 나를 교단 앞으로 나오게 하더니 다짜고짜 뺨을 때렸다. 양손으로 좌우 뺨을 열 대쯤 때렸을 것이다. 건방지게 교권에 도전한다고 생각했던 것 같다. 나는 이를 선생의 부당한 폭력이라고 생각했고, 반에서 좀 건들거리던 친구 몇몇이 선생님의 퇴근 시간에 보복 폭력을 하겠다고 암시했다.

그런데 뜻밖의 상황이 벌어졌다. 그다음 시험이 끝나고 쉬는 시간에 선생님이 교실로 찾아와서 내게 사과하는 것이 아닌가.

"미안하다. 내가 다른 일로 화가 나 있었는데, 너한테 화풀이한 것 같다."

폭력은 명백한 잘못이다. 그러나 자신의 실수를 인정하고 학생에게 사과한 그 선생님의 용기가 잊히지 않는다.

발품 예산

2000년 노무현 의원의 부산 재도전을 앞두고 부산 민심을 얻기 위해 할 수 있는 다양한 방법을 모색했다. 또한 부산 발전을 위해서 노무현이 꼭 필요한 정치인이라는 것을 각인시키려고 노력했다.

1999년 가을, 이른바 국회 예산철이 다가왔다. 민주당 동남특위 위원장인 노무현 의원은 부산시의 국비 예산 확보 업무를 도와주기로 했다.

부산시 국비 예산 담당 공무원 몇 분이 예산 서류 보따리를 들고 국회 노무현 의원실을 방문했다.

"이수 씨가 이분들 좀 도와주세요."
"네."

서류 보따리를 보니 가슴이 갑갑해 왔다. 나는 부산시 공무원들에게 두 가지를 주문했다.

"우선, 야당 예결위 의원실은 직접 찾아가서 부탁하십시오. 여당 의원실은 제가 돌겠습니다. 둘째, 이 서류 보따리, A4 용지 2~3장으로 압축, 요약해 주십시오. 예산 항목 우선순위는 여러분이 정하십시오."

하루는 노무현 의원이 느닷없이 같이 가자고 했다.
"어디 가시는데요?"
"예산처 갑니다."

아무 준비 없이 따라간 나는 그곳에서 예산실장을 만났다. 키가 엄청 큰 분이라 지금도 기억이 난다.

노무현 의원이 먼저 말했다.

"그 예산 주세요."

사전에 전화로 주고받은 얘기가 있는 것 같았다.

예산실장이 답했다.

"의원님, 아시지 않습니까? 그건 불가능합니다."

노무현 의원의 이어진 한마디.

"그래도 만들어 주세요."

내가 보기에도 떼쓰는 것처럼 보였다.

난처해하는 예산실장을 뒤로하고 예산처를 나오면서 한
노무현 의원의 말씀.

"봤지요?

여당은 예산을 이렇게 따내는 겁니다."

노무현 의원은 굵은 이마 주름을 접으며 활짝 웃었다.

노무현 의원이 예산실장과 이야기한 예산이 어떤 항목인
지는 모르나, 그해 부산시의 국비 예산 확보 작업은 대성
공이었다. 부산시 역사상 최대 규모였다고 한다. 그 일로
나는 부산에서 맛있는 저녁밥 한 끼 얻어먹었고, 부산시
공무원들이 노무현 의원을 좋게 평가하는 계기가 되었다.

노무현의 결벽증

2000년 노무현 의원은 부산 국회의원 선거 출마 지역을 어디로 정할지 고민하다가 북강서을 지역으로 결정했다.

참모들은 필승의 선거 전략·전술을 짜기 위해 토론하기 시작했다. 낙동강 서쪽에 자리한 강서구는 농촌 지역이므로 어느 정도의 '조직 선거'가 불가피하다는 점에 거의 의견 일치를 보았다. 지역 주민 중에서 우리에게 우호적인 사람들을 읍·면·동 책임자로 정하고 활동비를 지급하자는 것. 운용하기에 따라 합법적일 수도 있고, 불법이 될 수도 있었다.

노무현 후보는 그때까지 단 한 번도 조직 선거를 해본 적이 없었다. 이것은 매우 중요한 문제였기에 후보에게 보고하고 동의를 구해야 했다.

보고를 받은 후보는 핵심 참모들을 다 불러모아 놓고 한마디 하셨다. 거의 울먹울먹하시면서.

"여러분의 뜻은 잘 알고 있습니다.
그렇지만 지금까지 그렇게 정치 하지 않았습니다.
내 뜻을 따르지 않을 분들은 떠나십시오."

조직 선거에 대한 단호한 거부였다. 목표와 수단, 결과와 과정 모두 당당히 하겠다는 의지의 표현이었다.

그러나 나는 '욱' 하는 성질에 그만 '탈영'을 하고 말았다. 아무 말 없이 경기도 안산 집으로 올라온 것이다. 더 이상 지는 선거를 하고 싶지 않았다. 나로서는 노무현 후보의 세 번째 선거를 돕는 것이었는데, 1995년 부산, 1996년 종로에서는 낙선했지만 2000년 부산 선거만큼은 반드시 이기고 싶었다.

사실 조직 선거는 업무상 내 소관이 아니었다. 다만, 선거에 임하는 후보의 자세에서 승리에 대한 절실함이 부족해 보인 것에 대한 항의였다.

비록 몸은 부산을 떠났지만 마음은 여전히 부산에 있었다. 불편한 며칠이 지났을 때, 노무현 후보 수행비서에게 전화가 왔다.

"형, 빨리 내려와요. 형 올라간 거 후보님은 아직 몰라요…."

나는 마지못하는 척 다시 부산으로 내려가 노무현 후보를 만났다. 수행비서의 말과 달리, 사실 후보는 나의 탈영을 알고 있었고, 나의 복귀를 기다리고 있었다.

노무현 후보의 말씀.

"이수 씨, 서로 조금씩 양보합시다. …
단, 선거법 위반 시비가 없도록."

이인제는 안 됩니다

우리는 종로까지 포기하고 왔으니 반드시 이겨야 한다는 각오를 다지며 열심히 선거운동을 했다. 그런데 노무현 후보는 부산 선거와 아무 관련 없는 이인제 씨를 자주 비판하여 참모들을 당혹스럽게 했다. 특히, 3월 18일 후원회장에서 9월로 예정된 전당대회 때 당권에 도전하겠다고 선언한 이후, 더 자주 이인제 씨를 비판했다. 그렇게 하는 것이 부산 선거에도 도움이 된다고 판단한 것 같다.

이인제 씨는 1997년 대선 때 신한국당을 탈당하고 출마해 이회창 후보의 지지표를 빼앗아 감으로써 결과적으로 김대중 후보의 당선에 기여했다. 그 후 이인제 씨는 국민회의에 입당해 김대중 대통령의 양자니, 차기 대선 후보니 하는 얘기가 무성하던 시기였다.

1990년 3당 야합 때 김영삼 씨를 따라가고, 이번엔 김대중 대통령 품에 안긴 이인제 씨는 노무현 의원이 보기에 양지만 찾아다니는 기회주의자일 뿐이었다. 노무현 후보로서는 당연히 비판할 만했다.

문제는 당면한 부산 북강서을 선거였다. 참모들은 이견 없이 이인제 씨에 대한 비판은 선거에 마이너스로 작용한다고 판단했다. 참모들의 의견을 후보에게 전달하기로 했다. 나를 포함해 3명이 함께 후보와 이야기하기로 했다.

그런데 두 명이 바쁜 일이 생겨 빠지게 됐다. 혼자서 후보를 설득할 자신이 없었던 나는 노무현 선거캠프에 합류한 신입 후배 한 명과 같이 후보를 만나러 갔다. 그 후배는 얼마 전까지 부산 한 언론사의 정치부 기자였는데, 1995년 부산시장 선거 때 우리 쪽을 출입했던 인연도 있어 후보와도 여러 번 인사를 나눈 적이 있었다.

노무현 후보를 만나 참모들의 의견을 전했다. 예상했던 대로 후보는 완강했다.

"나는 생각이 다릅니다."

토론으로 끝이 날 문제가 아니었다. 나는 준비한 카드를 꺼냈다.

"의원님, 신 기자 얘기도 한번 들어 보시죠."
신 기자가 거들었다.

"의원님, 이수 형 말이 맞습니다. 지금은 이인제 씨 깔 때가 아닙니다. 표에 전혀 도움이 안 됩니다. '그럴 거면 종로에 있다가 대선 나가지 뭐 하러 부산에 내려왔노' 이게 냉정한 부산 민심입니다. '힘있는 여당 후보, 지역 발전' 이걸로 밀고 나가야 합니다."

"그래요? 그럼 할 수 없지 뭐. 내가 참아야지.
알았습니다."

후보는 흔쾌히 동의하지 않았다. 마지못해 후퇴한 것이다. 신입에 대한 배려도 있는 듯했다. 어쨌든 그날 이후 노무현 후보는 이인제 씨에 대한 비판을 더 이상 하지 않았다. 신선종 기자의 공이다.

누가 찍었나

노무현 다큐멘터리 영화를 보면 2000년도 영상 자료가 많이 나온다. 풍부한 영상 자료를 두고 누가 찍었냐는 질문을 많이 받았다. 결론부터 말하면, 전문가가 어깨에 올려 놓고 촬영하는 이엔지 카메라로 찍은 것이다. 비용은? 한 푼도 안 들었다.

2000년 3월 말, 당시 다수의 언론이 여론조사 결과를 근거로 민주당 후보 중 부산에서 유일하게 당선 가능성이 있는 후보로 북강서을 노무현 후보를 지목했다.

이런 상황에서 어느 날 부산 강서구에 있던 선거사무소로 손님들이 찾아왔다. 서울에 있는 모 방송사의 PD 일행이었다. 당시 후보의 언론 및 홍보를 담당하고 있던 내가 이들을 응대했다.

PD는 선거 기간 전체를 촬영하게 해달라고 요구했다. 다만 선거 이후 방송이 될지 여부는 모르겠다고 했다.

나 혼자 결정할 수 있는 문제가 아니어서 참모회의에서 논의했다. 찬반 의견이 팽팽하게 맞섰다. 선거운동에 방해된다는 것이 반대 이유였고, 이엔지 카메라가 후보를 따라붙으면 선거에도 도움이 되고, 길게 볼 때 자료 확보에 큰 도움이 된다는 것이 찬성 이유였다. 결국 결론을 내지 못하고 내가 후보와 상의해서 결정하기로 위임을 받았다.

나는 후보에게 보고했다. 나의 판단을 묻길래, 당연히 찍고 싶다고 했다. 다만, 보안을 고려해 핵심 참모회의는 안 찍는 걸 조건으로 내걸겠다고 말했다. 이와 함께 후보 차량에 동승해서 찍어야 하므로 불편을 감수해야 한다는 점도 빼먹지 않고 이야기했다.

"까짓거 한번 해봅시다."

노무현 후보는 흔쾌히 동의했다.

나보다 몇 년 선배인 PD와 보조 PD, 그리고 카메라맨 등 4~5명이 부산에 상주하며 촬영하기 시작했다. 합숙소인 덕천동 아파트에서 잠들어 있는 참모들의 민망한 속옷 차림 영상도 있다.

그때 그 방송사는 EBS였다.

그때 촬영하지 않았더라면 노무현 다큐멘터리 영화는 꽤 빈약해졌을 것이다. 많이 늦었지만 조만간 기회를 만들어 그때 촬영해 준 고마운 PD에게 막걸리 한잔 대접해야겠다.

홍보물 사랑

노무현 후보의 홍보물 사랑은 특별했다. 선거 홍보물의 중요성을 잘 알았기 때문일 것이다.

2000년 3월 어느 날, 부산 북구 덕천동 후보 자택에서 선거 홍보물 제작 준비 상황에 대해 보고했다. 후보는 홍보물 시안을 쭈욱 살펴보더니 물었다.

"이거 언제까지 수정 가능합니까?"
"오늘까지입니다. 내일 오전에 기획사에 넘겨야 합니다."

그러자 후보는 답답하다는 듯이 말했다.

"네? 근데, 지금 가져오면 어떡합니까?"

"죄송합니다. 지금부터 손보시지요. 제가 다 받아 적어서
채워 넣겠습니다."

어쩔 수 없다는 듯 체념한 후보가 말했다.

"허허, 할 수 없지요.
담배 한 대 피우고 시작합시다."

다큐멘터리 영화를 보면 노무현 후보와 내가 거실에 앉아
서 대화하는 모습이 나온다. 각자 옆에는 담배와 라이터가
놓여 있고….

사실 노무현 후보에게 홍보물 결재를 받는 것이 엄청난 스
트레스라는 경험자들의 조언을 받아들여 나는 꾀를 하나
냈다. 선거에서 중요하지 않은 것은 하나도 없고, 선거 홍
보물도 대단히 중요하지만 홍보물에 너무 많은 시간과 에
너지를 쏟는 것은 효율성이 떨어지는 일이라고 판단했기
때문이다.

'후보의 요구를 최대한 반영하자, 단 홍보물 제작 관련 후
보의 시간 투자는 최소화하자.'

노무현 후보의 홍보물 사랑은 특별했다. 선거 홍보물의 중요성을 잘 알았기
때문일 것이다. 선거캠프 내에 노무현 후보보다 지역 현안에 대해
더 잘 알고 있는 참모는 없었다. 나는 후보가 요구하는 지역 공약 내용들을
다 받아 적었다. 홍보물 빈칸이 빽빽하게 채워졌다.

이런 생각으로 꾸중 한번 들을 각오 하고, 제출 마감 하루 전에 홍보물 시안을 들이밀었던 것이다.

선거캠프 내에 노무현 후보보다 지역 현안에 대해 더 잘 알고 있는 참모는 없었다. 선거구인 강서구 곳곳을, 특히 취약한 농촌 지역을 다니며 주민들을 만나고, 애로사항을 청취하고, 해결 방안을 고민하고 찾아낸 것은 노무현 후보였다. 정책공약팀이 있었지만 후보의 기대에 못 미쳤다.

나는 후보가 요구하는 지역 공약 내용들을 다 받아 적었다. 홍보물 빈칸이 빽빽하게 채워졌다.

신발산업 육성 4,000억 원 확보
삼성차 재가동
녹산공단 10% 할인 분양
그린벨트 지침 변경
지사과학단지 확정
낙동강 수질개선계획 확정
농지전용부담금 감면
강동하수종말처리장 방류 위치 변경
대사초등학교 신축
명지초등학교 체육관 건립…

어쨌든 홍보물에는 후보의 요구가 거의 다 반영되었다.

2000년 4월 부산 북강서을 선거 노무현 후보의 홍보물은
그렇게 만들어졌다.

바보 노무현

종로구 국회의원 노무현은 또 부산에 도전해서 또 졌다. 2000년 4월 14일 오전, 부산 강서구 노무현 후보 선거사무실. 하루 전 선거 패배의 충격으로 침울한 분위기 속에 선거캠프 해단식이 진행되었다.

노무현 후보가 담담하고 차분한 목소리로 선거운동원들을 위로했다. "농부는 밭을 탓하지 않는다"고 했지만, 원망하는 소리도 들렸고 흐느끼는 사람도 있었다. 해단식이 끝나고 사람들이 하나 둘 뿔뿔이 흩어졌다. 패배의 충격에서 헤어나지 못하고 있던 나도 짐 정리를 하기 시작했다.

그때 전화벨이 울렸다. 서울에서 아는 기자가 전화를 했다. 대학 운동권 동기였던 그는 낙담해 있던 내게 조언을 했다.

"이수야, 지금이 중요해.
이제부터 노무현 상병 구하기 운동을 벌일 때야."

영화 〈라이언 일병 구하기〉 제목을 흉내내어 '노무현 상병
구하기' 운동을 벌일 때라고 말하는 그 친구의 말에 어떻
게 하란 말이냐고 물었다.

"뭘? 어떻게?"
"의원님 꼬셔서 인터뷰 하시게 해."
"너희랑?"
"아니, 아무 언론사나 괜찮아."

당시 이미 많은 언론사에서 인터뷰 요청이 들어와 있는 상
태였지만, 노무현 의원은 인터뷰할 기분이 아니었다.

"인터뷰 안 하실 거 같은데."
"서면 인터뷰도 괜찮아."

지푸라기라도 잡아 보자는 심정으로 나는 낙동강 건너 북
구 덕천동 후보의 아파트로 갔다.

문을 열고 들어가는 순간, 공교롭게도 거실 소파에 앉아 있던 노무현 의원이 거실 바닥으로 캔맥주를 집어던지는 모습이 눈에 들어왔다.

"나 이제 정치 안 해!"

난감했다. 그때까지 한 번도 본 적이 없는 모습이었다. 1995년 부산에서 낙선했을 때도, 1996년 종로에서 낙선했을 때도 전혀 기죽지 않았던 노무현의 모습은 사라지고 없었다. 좌절과 절망 그 자체였다. 그도 인간이었던 것이다.

아마도 이번에는 이길 거라고 생각했던 것 같다. 종로까지 포기하고 왔으니 이번에는 받아주겠지 하는 기대가 컸던 것이리라.

선거 기간 내내 여론조사 결과도 오차범위 내에서지만 계속 앞섰고, 선거캠프 내에서도 불안하긴 했지만 해볼 만하다고 판단했었다.

그러나, 역시나.

지역주의의 벽은 여전히 높았고 견고했다. 선거 기간 내내 숨어 있던 지역주의 표가 막판 몰표로 나타나 승패를 갈랐던 것이다.

"누울 자리 보고 발 뻗어라"는 속담을 떠올리며 나는 잠시 머뭇거렸다.

그러나 노무현은 나의 큰 소나무였기에, 그의 좌절과 절망을 외면할 수 없었다.

"의원님!"
그때까지 내가 온 것을 몰랐던 노무현 의원이 내 쪽으로 고개를 돌렸다. 나는 노무현 의원에게 다가가 말했다.

"그동안 고생 많으셨습니다. 이제 좀 쉬시죠. 근데 정치판 떠나는 마당에 그래도 인사는 하고 떠나는 게 좋을 것 같습니다. 일단 서면 인터뷰 요청에 답해 주는 게 어떨까요?"

노무현 의원은 별 관심 없다는 듯 "그렇게 하세요"라고 답했다. '알아서 해라, 니 맘대로 해라'는 뜻이었다.

서면 인터뷰를 시작했다. 역시 '시작이 반'이었다. "정치판 떠나는 마당에 두루두루 인심이나 쓰고 가시죠" 하면서 요청이 들어온 서면 인터뷰를 하나도 거절하지 않고 며칠 동안 계속 이어 나갔다.

그런데 마침 그 시기에 인터넷이 도입, 확산되면서 지역주의에 정면으로 맞서다가 좌절한 정치인 노무현을 '바보 노무현'이라고 부르며 성원하는 현상이 나타났다. 인터넷에서 '바보 노무현' 바람이 불기 시작한 것이다.

노무현의 기가 되살아나기 시작했다. 대면 인터뷰도 진행했다. '바보 노무현' 바람이라는 영약이 다 죽어가던 노무현을 기사회생시켰다. 부산에서 버린 노무현을 인터넷에서, 전국에서 받아준 것이다.

이때 '바보 노무현' 바람을 일으켜 노무현을 좌절과 절망에서 구한 분들이 노사모를 만들고 주도했다. 그리고 2002년 마침내 노무현을 대통령으로 만들었다. 그들은 그야말로 일등공신이었다. 그때 나에게 조언을 한 기자, 노무현상병 구하기 작전 기획자가 지금 더불어민주당 국회의원 김종민이다.

참모로서는 당면한 선거 승리가 우선인데,
후보의 지나치게 인간적인 모습이
솔직히 걱정되었다.
노무현이란 정치인은 그랬다.
사람 냄새 물씬 나는 정치인이었다.

취중진담

김대중 대통령은 '바보 노무현'을 외면하지 않았다. 부산에서 패배한 지 100일쯤 지난 2000년 8월 '바보 노무현'을 해양수산부 장관으로 임명했다.

장관으로 임명되기 전, 입각설이 나돌고 있을 무렵 한 선배에게서 연락이 왔다. 노무현 의원과의 저녁 만남 자리를 만들어 달라는 부탁이었다.

나는 노무현 의원을 모시고 약속 장소로 갔다. 선배 세 분 정도가 참석했던 것으로 기억한다.

반주를 곁들여 식사를 했는데 화기애애한 분위기였다. 술잔이 두어 잔 돌고 나서 한 선배가 말했다. 대학 운동권 2년 선배로, 이른바 3시(사법·행정·외무 고시)를 패스한 변호사였다.

"노 선배, 선배의 영혼을 사고 싶습니다. 얼마면 되겠습니까?"

여당도 야당도 아닌 제3세력을 만들어 제3후보로 대통령 선거에 도전해 달라는 주문이었고, 창당 자금과 선거운동 자금을 대겠다는 뜻이었다.

즉답을 하지 않을 것이라는 나의 예상을 깨고 순진한 노무현 의원이 OO억쯤 말했다. 뜻밖이었다. 게다가 내가 보기에도 너무 적은 금액이었다.

취중진담이었는지 그날 그 자리에서는 의기투합해서 다들 대취했고 웃으며 헤어졌다.

다음날 아침, 전화벨이 울렸다. 노무현 의원이었다.

"이수 씨, 미안합니다.
어제 그거 물러 주세요."

제3의 길은 그렇게 하룻밤의 해프닝으로 끝났다.

시기는 가물가물하지만, 어느 술자리에서 노무현 의원이 느닷없이 "S대 나쁜 X들"이라고 말한 적이 있다. "의원님, 제가 S대인데요" 했더니, "아, 미안미안, 이수 씨 빼고 S대 법대". 영화 〈변호인〉에도 나오듯, 아마도 판사 시절 S대 법대 판사 카르텔로부터 받은 무시, 모멸감 등이 각인된 듯했다.

대통령과 조선일보

노무현 의원의 해양수산부 장관 입각이 확실해지자, 수행 비서 후배만 장관실로 따라가기로 했다. 나는 또 생계 대책을 세워야 했다. 마침 김홍신 의원이 "또 보내줄 테니 그 때까지 와 있으라"고 해서 다시 국회의원 보좌관으로 복귀했다.

해가 바뀌고 2001년, 노무현 의원은 해양수산부 장관에서 물러났다.

그리고 2001년 9월 6일 부산 후원회 행사장에서 '부산이 키운 노무현 이제 나라의 지도자가 되겠습니다'라는 플래카드를 걸고 대통령 출마 선언을 했다.

당시 민주당 내에서는 이인제 대세론이 팽배해 있었다. 그러나 노무현 후보는 기회주의자 이인제 후보는 지도자 자격이 없다, 이인제 후보로는 이회창 후보를 이길 수 없다는 '이인제 필패론'을 제기하는 한편, 지역주의가 여전한 상황에서 호남과 영남 양쪽으로부터 높은 지지를 받을 수 있는 자신만이 이회창 후보를 이길 수 있다는 '노무현 필승론'을 주장하며 이인제 대세론에 도전했다.

노무현 후보는 여의도 금강빌딩에 경선캠프를 차렸다. 나는 김홍신 의원에게 다시 양해를 구하고 이른바 '금강캠프'에 합류했다.

2002년 2월, 후배 이정민(훗날 청와대 비서관)이 영등포의 한 스튜디오를 빌리는 데 성공해서 제대로 구색을 갖춘 TV 토론 리허설을 했다. 내가 사회를 보고, 선배 세 분이 패널을 맡았다. 캠프 관계자 10여 명은 방청객으로 참여했다. 예비 답안 없이 질문지만 준비했다. 참모가 준비한 답변이 아니라 후보의 답변을 들어 보고 수정, 보완하자는 취지에서였다.

토론이 무난하게 진행되다가 난관에 봉착했다. 너무 강하면 부러질 수 있기 때문에 후보의 유연성 확보를 목적으로 준비한 패널의 질문에서였다.

"후보님, 대통령에 당선된 후에도 조선일보와는 인터뷰 안 하실 겁니까?"

노무현 후보가 답했다.

"조선일보가 대통령보다 더 쎄지 않습니까?"

그 순간, 사회자인 나는 일단 "컷" 하고 외쳤다.
그리고 방청석을 향해 물었다.

"자, 조금 전 후보님의 답변에 동의하시는 분들 손들어 보세요."

아무도 손들지 않았다.

그러자 노무현 후보는 머쓱한 표정으로 혼잣말처럼 중얼거렸다.

"조선일보가 쎄긴 쎈데….".

"자, 이렇게 하면 어떨까요? 곤란한 질문에 직접 답하시면 저들의 의도에 말려드는 거니까 '언론은 언론의 정도를 가고 정치인은 정치인의 정도를 가면 되지요' 이렇게 돌려서 답하면 어떨까요?"

방청석에서 "좋습니다" 하는 소리가 이어졌다. 나의 우회적 대안이 마음에 들어서라기보다는 후보가 즉답하는 것만은 반드시 피해야 한다는 생각, 즉 최악은 피하자는 생각이었을 것이다.

노무현 후보는 참모들의 반응에 어쩔 수 없다는 듯 "알았습니다" 하고 답했다. 자신의 불편한 감정을 자제하고 참모들의 의견을 수용해 준 것이다.

참고로 노무현 후보와 조선일보의 악연은 제법 역사가 길다. 1991년 조선일보가 먼저 "한때 부산요트클럽 회장으로 개인 요트를 소유하는 등 상당한 재산가로 알려져 있다"고 당시 초선의 노무현 의원을 공격했다.

초선의 노무현 의원은 바로 다음날 조선일보 기사에 대해 "1982년 요트를 취미생활로 탄 일은 있으나 척당 가격이 2백만 원 내지 3백만 원 정도의 소형 스포츠용이고, 요트 동호인 20여 명이 모인 동호인클럽 회장을 한 적은 있으나 부산요트협회장을 지내지는 않았으며, 현재는 요트를 소유하고 있지 않습니다. …상당한 재산가라는 주장에 대해서는 변호사로서 가난뱅이는 아니며, 그러나 299명의 국회의원 가운데 부자 소리를 들을 수준은 아니며, 사회적인 평으로서 재력가는 더욱 아닙니다…"라는 해명서를 보냈다.

이렇게 시작된 노무현과 조선일보의 싸움은 결국 소송으로까지 이어졌다.

자세한 내용은 『노무현은 왜 조선일보와 싸우는가』(유시민 지음, 개마고원)를 읽어 보면 좋을 것이다.

나란히 쉬

이인제 대세론이 팽배한 상황에서 지지도 한 자리로 출발한 노무현 후보의 지지도가 눈에 띄게 오르기 시작했다. 그런데 노무현 후보의 거침없는 말투는 장점이자 단점이었다. 신중한 발언 관리가 필요했다.

2002년 2월 21일 오전, 부산에서 기자간담회가 있었다. 그날 오후 부산 몇 곳의 지구당 개편대회에 참석하는 일정을 활용하여 잡은 기자간담회였다. 무슨 일이 있었는지 대변인팀에서 아무도 수행하지 않았다. 나는 부랴부랴 택시를 타고 김포공항으로 뒤쫓아 갔으나 후보가 탄 비행기는 이미 이륙한 뒤였다. 할 수 없이 다음 비행기를 타고 김해공항에 도착해 택시를 타고 기자간담회장으로 갔다. 간담회는 이미 시작되어 노무현 후보가 부산 지역 기자들을 향해 발언하고 있었다.

나는 조용히 노무현 후보 옆으로 걸어가서 마침 휴대하고 있던 보이스펜(소형 녹음기)을 테이블 위에 살며시 올려놓았다. '신중히 발언하라'는 무언의 메시지였다.

느닷없는 보이스펜의 등장에 노무현 후보가 나를 살짝 올려다보았다.

'어, 자네가 여기 왜 왔지?' 하는 눈빛으로.

한 시간가량의 기자간담회가 무사히 끝나고 노무현 후보가 화장실로 가길래 말없이 따라갔다. 옆에 나란히 서서 바지 지퍼를 내리는 척했다.

노무현 후보는 볼일을 보며 나를 쳐다보지도 않고, 자네가 왜 왔는지 알지만 그래도 불편하다는 투로 한마디 했다.

"나 실수한 거 없지요?"

"네, 잘하셨습니다."

화장실에서의 대화는 이렇게 짧게 끝났다.

사이 노무현

노무현 후보의 금강캠프는 자금이 부족했다. 경선 승리 전망이 불투명해서 그랬을 것이다. 당에서 노무현 후보를 지지하는 국회의원도 딱 한 명, 천정배 의원뿐이었다.

이런 열악한 상황에서 김대중 대통령의 이른바 동교동계 청년 조직인 민주연합청년동지회(연청) 사무총장 출신의 염동연 총장이 합류했다. 노무현 후보는 천군만마를 얻은 셈이었다. 후보와 동갑인 염동연 총장은 노무현 후보의 패기와 배짱이 마음에 들어서 후보를 지지하기로 결심했다고 했다.

민주당 경선에서 노무현 후보가 승리하게 된 것은 2002년 3월 16일 광주 경선에서의 예상치 못했던 1등이 계기가 되었다. 전날까지 광주에서 대의원들을 상대로 설득 작업을 주도한 염동연 총장이야말로 광주 경선 승리의 일등공신이라고 할 수 있다.

그러나 광주 경선에서 승리하기 전까지는 경선 자금이 턱없이 부족했다. 후원금도 승산이 높은 후보에 몰리는 까닭이었다. 여론조사에서도 노무현 후보의 승산이 낮게 나오다 보니 후원금이 적게 들어왔던 것이다.

경선 준비를 하던 2002년 2월 어느 날, 노무현 후보가 물었다.

"허OO 회장님 잘 알죠?"
"네."

"도네이션이 필요합니다. 자리 좀 만들어 주세요."
"네."

'드디어 노무현 후보도 자금 만들기에 적극적으로 나서는구나' 싶어 나는 속으로 쾌재를 불렀다.

며칠 뒤 음식점에서 허 회장을 만났다. 한 시간쯤 이야기를 나눴다. 노무현 후보가 주로 말했지만, 돈 얘기는 한마디도 하지 않았다. 선거운동을 하러 가기 위해 후보가 먼저 일어 났다. 나는 배웅 겸 따라 나와 물었다.

"왜 후원금 얘기는 안 하셨습니까?"

"그게 뭐, 내가 굳이 얘기 안 해도 알아듣지 않았을까요?"

선거 자금이 절실하게 필요한 상황이었지만, 후원금을 달 라는 부탁에 익숙하지 못한 후보의 쑥스러움이었다.

어느 조직이나 살림을 맡아 줄 사람이 필요하다. 노무현 캠프에서는 안희정이 그 역할을 맡았다. 지방자치실무연 구소 시절부터 살림을 도맡았던 안희정은 1995년 부산시 장 선거 때도 6·27선거정보센터를 통한 수익 사업으로 선 거 자금을 만들었고, 2002년 대선 때도 선거 자금 마련과 관리를 담당했다.

2002년 대선 경선에서 승리하고 본선이 한창 치러지던 때, 나의 지인이 후원금을 내겠다고 했다. 나는 당연히 안희정에게 말했다. 그러자 안희정은 "이수야, 니 손에는 묻히지 마라"며 자신이 기부금을 받아 처리했다.

결국 대선 승리 후, 안희정은 혼자 총대 메고 정치자금법 위반으로 처벌을 받았다. 지금도 고맙고 미안한 마음이다.

옥탑방 나도 몰랐는데…

반지하, 옥탑방…. 가난한 도시 서민들이 사는 대표적인 주거 형태다. 〈기생충〉이라는 영화와 지난여름 수해 피해 참사로 열악한 반지하 주거의 실태가 널리 알려졌다. 예전에는 쪽방, 판잣집, 달동네 등이 도시 서민의 대표적인 주거 형태였으나, 철거와 재개발 이후 반지하와 옥탑방이 저소득층의 주거 형태로 자리 잡은 것이다.

정치 지도자는 서민들의 애환과 고충을 파악하고 대안을 마련해야 할 책임이 있다. 따라서 서민들의 애환을 모른다면 그 자체만으로도 감점 요인이 아닐 수 없다.

2002년 4월 27일 노무현 후보가 경선에서 이인제 등 쟁쟁한 경쟁자들을 물리치고 민주당의 대통령 후보로 확정되었다. 이로써 민주당 노무현 후보와 한나라당 이회창 후보,

1:1 대결 구도가 형성되었다.

2002년 5월 24일, 한나라당 이회창 후보의 방송기자클럽 초청 토론회가 열렸다. 패널 한 분이 "서민과 관련된 말이다. 옥탑방을 아느냐"고 질문했다. 그러자 이회창 후보는 "잘 모른다"고 답했다. 이날 이 사건은 이회창 후보가 귀족 후보로 낙인찍히는 계기가 되었다.

다음날 아침, 노무현 후보가 물었다.
"이수 씨는 옥탑방 알고 있었어요?"
"네."

"반지하는 알아도 나도 옥탑방은 몰랐는데…
이회창 그 양반 안됐네요…."

선거는 총칼 없는 전쟁이다. 상대 후보의 약점 하나라도 더 찾아서 공격하는 것이 상식이다.

그런데 이회창 후보가 약점 잡힌 것에 쾌재를 부르며 계속 공격할 방법을 고민하는 참모들과 달리, 오히려 이회창 후보를 동정하는 노무현 후보….

참모로서는 당면한 선거 승리가 우선인데, 후보의 지나치게 인간적인 모습이 솔직히 걱정되었다. 언제나 정정당당한 승부를 강조했던 노무현 후보는 경쟁 후보의 약점을 활용할 수 있는 절호의 기회가 왔음에도, 자신도 옥탑방이라는 낱말을 몰랐기에 양심을 포기하지 않았다.

노무현이란 정치인은 그랬다.
사람 냄새 물씬 나는 정치인이었다.

그런데 요즘은 얼굴 두꺼운 정치인들이 제법 많이 보여서 무척 씁쓸하다.

쇼 안 합니다

2002년 가을, 태풍 루사가 한반도를 강타했다. 많은 피해가 발생했다. 당시 후보의 일정을 관리하고 있던 나는 당연히 수해 지역 방문 일정을 잡으려고 했다.

그런데 노무현 후보가 거부했다.

"나 안 갑니다.
그거 쇼 아닙니까?"

피해 복구에 도움도 안 되면서 사진이나 찍고 오는 정치 행태에 대한 거부였다. 노무현 후보의 순수한 진정성이기도 하면서 결벽증이기도 했다.

다음날 아침 당사 엘리베이터에서 마주친 노무현 후보는 "나 안 가요" 하며 더 이상 말도 꺼내지 말라는 듯 내 입을 막아 버렸다.

나는 고민에 빠졌다.
그러나 '궁즉통'이라 했던가. 공교롭게도 마침 그날 밤 TV를 보다가 답을 얻었다. KBS 사극 〈제국의 아침〉에서 책사가 주군(훗날 고려 4대 임금이 된 광종)에게 하는 제언,

"주군, 백성의 마음을 얻어야 합니다."

를 듣고 '앗, 바로 저거다!' 싶었던 것이다.

다음날 아침, 나는 후보를 만나 말했다.

"후보님, 이 나라의 지도자가 되시겠다는 분이
국민의 고통을 계속 외면하시겠습니까?
국민의 마음을 얻어야 합니다. 가서 위로하고
오십시오. 쇼라구요? 기자들에게 알리지 않겠습니다.
카메라 막겠습니다. 조용히 다녀오십시오."

노무현 후보는 잠시 생각하는 듯했다. 기자들에게 알리지 않겠다는 내 말이 거짓말인 줄 모를 리 없었지만, 잠시 후 말했다.

"알겠습니다. 다녀오겠습니다."

노무현 후보는 곧바로 경남 수해 현장으로 내려갔고, 그날 저녁 뉴스에 리어카를 끌면서 수해 복구 자원봉사 활동을 하는 후보의 모습이 대대적으로 보도되었다. 진짜 서민 후보라는 것을 여실히 보여준 것이다.

반면 시기적으로 절묘하게도 옥탑방 사건으로 귀족 후보로 낙인찍혔던 이회창 후보는 고무보트를 타고 수해 현장을 시찰하는 모습이 보도되었다. 또 한 번 귀족 후보임을 입증한 셈이었다.

이 날을 기점으로 확실히 서민 후보 대 귀족 후보라는 대결 구도가 형성됐다. 같은 날 대조적인 두 사진, 두 후보의 모습은 정말 우리에게는 천운이었고, 상대편에게는 재앙이었다.

태풍 루사가 휩쓸고 지나간 경남 수해 현장을 찾아
수해로 떠내려온 짚단을 옮기는 노무현 후보. 그날 저녁 뉴스에
리어카를 끌면서 수해 복구 자원봉사 활동을 하는 노무현 후보의 모습이
대대적으로 보도되었다. 진짜 서민 후보라는 것을 여실히 보여준 것이다.

다음날 아침 당사에서 만난 노무현 후보의 말씀.

"에고 허리야, 이수 씨는 왜 안 왔어요?"

귀여운 엄살이었다.

이해찬의 눈물

2002년 12월 19일, 민주당의 노무현 후보가 한나라당의 이회창 후보를 꺾고 대통령으로 당선됐다.

며칠 후 노무현 당선자는 북한산에서 '인사청탁 패가망신'이라는 발언으로 국민의 관심을 끌었다. 청탁은 반칙이니 용납하지 않겠다는 강한 의지를 보인 것이다.

이날 선거대책본부에서 활동한 사람들도 당선자와 함께 산행을 했는데, 산행 후 뒤풀이 술자리가 있었다. 나는 기획본부 소속이었기에 당연히 이해찬 기획본부장이 주관하는 뒤풀이에 참석했다.

막걸리잔을 부딪히며 승리의 기쁨을 함께 나누던 중, 갑자기 이해찬 기획본부장이 눈물을 흘렸다. 바늘로 찔러도

피 한 방울 나올 것 같지 않은 사람이 눈물을 뚝뚝 흘리다니 의외였다.

이해찬 기획본부장은 자신의 유일한 오점이라며 이야기를 이어 나갔다. 특별한 인연이 있는 후배에게 애정을 쏟아부었는데, 그 후배 정치인이 대통령선거 시기에 탈당하고 정몽준 후보에게 간 것에 대한 회한이었다. 사람을 잘못 본 것에 대한 반성이기도 했다.

그 후 노무현 참여정부에서 국무총리를 맡은 이해찬 총리는 국회에서 야당 의원들의 대정부 질의 공세에 당당하게 대응하여 '버럭 총리'라는 별명을 얻었다.

1985년 장충동 분도빌딩에 자리한 민통련이라는 재야단체 사무실에서 처음 만난 후, 노무현 대통령이 떠나신 뒤 2010년 서울시장 선거 때도 몇 차례 포장마차에서 함께 소주를 마시며 대화를 나누었던 이해찬 총리는 누구보다 선공후사를 실천하고 후배들을 아껴 준 좋은 선배이시다.

중요한 건 정성이고 최선을 다하는
것이다. 도와준 사람들을 잊지 않는다는 것.
그때 그 시절 한 사람 한 사람이
노무현이었다는 것. 그들이 있었기에
노무현 대통령이 탄생할 수 있었다는 것.

인사청탁 패가망신

2003년 1월, 당선자는 명륜동 자택으로 이른바 1세대 참모들을 부부동반으로 초청했다. 거실에 상을 펴고 당선자 부부 포함 10여 명이 방석에 앉은 상태에서, 당선자는 참모들의 부인들을 일어나게 했다(참고로 1세대 참모들은 100% 남자였다).

"고맙습니다.
그동안 뒷바라지하느라 고생 많았습니다."

만감이 교차했다. "말 한마디로 천 냥 빚을 갚는다"고 당선자의 말 한마디로 그간의 고생을 다 보상받은 듯한 느낌이었다(사실 노무현 당선자는 참모들에게 단 한 번도 돈을 준 적이 없다).

이어 참모들에게 말했다.

"여러분은 내가 신뢰하는 동지들입니다.
인사청탁 패가망신 얘기, 여러분은 예외입니다.
마음껏 추천하세요."

그러나 나는 대통령에게 단 한 명도 추천하지 않았다. 나를 신뢰하는 만큼 확실히 자신 있는 사람만 추천하려다가 기회를 놓친 것이다. 솔직히 많이 후회된다. 아끼다가 X된 꼴이다.

청탁과 추천의 차이는 뭘까?

2004년 청와대 비서관 시절, 내가 겪은 두 가지 사례를 보자.

첫 번째 사례는, 오래 알고 지낸 고위 공무원 한 분이 지난 정부 때 부당하게 당한 억울함을 호소하며 '명예회복'을 요청했다. 나는 그분을 신뢰했기에 장관을 추천했던 지인에게 "내가 보증하는 분이니 장관에게 차관으로 추천해 달라"고 부탁했다. 다행히 그분은 차관이 되었다. 그리고 나에게 저녁밥을 샀다. 이 사례는 청탁일까? 추천일까?

두 번째 사례는, 알고 지낸 공무원 한 분이 청와대를 방문해 차 한 잔 마시고 가면서 회식비로 봉투를 주고 갔다. 당연히 거절했지만, 선배가 주는 거라며 고집(?)을 부려서 마지못해 받았다. 나는 비서관실 회계를 담당하고 있는 직원에게 봉투를 넘겼다.

그런데 직원이 "비서관님, 돈이 많은데요. 달러인데요. 100달러짜리 100장인데요" 하는 게 아닌가.

'아뿔싸, 뇌물이구나.'

봉투를 준 그 선배가 자신의 동료 승진을 알아봐 달라고 부탁했는데, 나는 그냥 무심히 흘려들었던 것이다.

나는 승진 대상 공무원을 불러 "이 봉투 가져가면 도와드리고, 안 가져가면 못 도와드립니다"라고 말했다. 그 공무원은 자기는 모르는 일이라면서도 봉투를 가져갔다.

물론, 나는 그분을 도와드리지 않았다. 그건 명백한 청탁이었다.

선한 남자 김경수

2003년 2월 25일, 참여정부가 출범했다. 나는 민정수석실 행정관으로 배정됐다. 선근무 후발령 시스템이라, 신원조회를 통과할 때까지는 미발령 상태에서 근무해야 했다. 아마 지금도 선근무 후발령 시스템은 유지되고 있을 것이다.

이처럼 미발령 상태였지만, 문재인 민정수석과 이호철 민정1비서관이 공무원 경험이 전혀 없다는 이유로 그나마 국회의원 보좌관 경험이 있는 나에게, 민정수석실에 파견되는 각 부처 공무원들의 면접을 보고 뽑는 면접관 책임을 부여했다. 나에 대한 배려라고 생각했다.

하루는 대학교 인류학과 후배인 김경수가 찾아와 도움을 청했다. 제1부속실에 배정되어 근무하고 있는데, 신원조회를 통과하지 못할까 봐 걱정이라고 했다. 김대중 정부 때

2005년 코스타리카 대통령 순방 당시 함께 수행했던 청와대 비서진.
왼쪽부터 김경수, 윤태영, 그리고 필자.

도 신원조회를 통과하지 못해 선근무만 하고 발령받지 못했다는 것이다.

사실 국가공무원법 규정상 그의 청와대 근무는 아무 문제가 없었다. 국회의원 비서관 경력이 있음에도 신원조회를 빌미로 청와대 발령을 막는 담당 기관의 행태는 한마디로 월권이고 대통령의 인사권에 대한 도전이었다.

마침 신원조회 담당 기관에서도 민정수석실로 직원을 파견해야 할 시점이라, 나는 김경수 비서관에 대한 신원조회를 먼저 통과시키면 바로 파견 직원을 뽑는 것으로 하자고 제안했다. 타협은 성공하여 김경수는 정식으로 발령이 났다.

그러나 그 영향 때문인지 정작 나에 대한 신원조회는 제일 뒤로 미루어져 4월에나 발령이 났다. 그로 인해 3월 한 달치 월급을 못 받았다.

노무현 대통령의 마지막 비서관 김경수.
국회의원, 경남도지사…. 순항하는 듯했으나 이른바 드루킹 사건이라는 암초를 만나 좌초했다.

그러나 때가 되면 다시 중요한 역할을 할 것으로 기대한다. 적어도 나는 아직까지 정치인 중에서 김경수만큼 선한 사람을 보지 못했다.

선한 사람이 잘 되는 세상을 보고 싶다.

빚은 갚아야지요

민정수석실 행정관으로 발령난 즈음이었을 것이다. 선거 때 도움을 준 노OO 씨로부터 연락이 와서 만났더니 이OO 씨를 도와 달라고 부탁했다. 대통령께 보고드리고 도울 방법을 찾아 달라는 것이었다. 이OO 씨는 한때 주식 열풍을 일으킨 OO증권 CEO였는데, 주가조작 사건으로 1심에서 유죄 판결을 받은 상태였다.

2002년 10월 당시 대선 상황은 한 치 앞도 알 수 없는, 그 야말로 안갯속이었다. 1강2중 구도, 이회창 후보가 선두를 달리고 있었고, 노무현 후보와 정몽준 후보가 오차 범위 내에서 2위권을 달리고 있었다. 노무현 후보와 정몽준 후보의 단일화를 통해 이회창 후보와 1:1 구도가 형성될 것으로 기대되는 상황이었다.

그 무렵 이OO 씨가 2002년 10월 27일 일본에서 기자간담회를 열고 "OO전자의 주가조작 사건은 정몽준 후보의 지시 없이는 불가능한 일"이라고 주장했다. 이 기자간담회에 노OO 씨가 관여했는데, 당시 노씨는 수시로 이씨와 연락하면서 진행 상황을 나에게도 공유해 주었다.

이OO 씨의 기자간담회 효과가 얼마나 있었는지는 알 수 없다. 정몽준 후보가 대통령이 될 경우 자신에게 미칠 피해가 두려워 정몽준 후보로 단일화되는 것을 막기 위해 기자간담회를 했을 수도 있다. 어쨌든 노무현 후보에게 조금은 도움이 되었을 것이다.

나는 부속실에 연락해서 대통령과 독대를 했다. 그리고 지난 대선 때 이OO 씨가 기자회견을 하기까지의 과정에 대해 보고를 드렸다.

보고를 받은 대통령의 말씀.

"내가 빚지긴 했네요. 빚은 갚아야지요.
근데 뭘 어떻게 도와줘야 할지…

재판에 관여할 수도 없고… 어쨌든 알았습니다. 도와줄 방법을 찾아봅시다."

그런데 최근 노OO 씨에게 확인해 보니 당시 이OO 씨에게 실질적으로 아무런 도움도 주지 못했다고 한다. 참으로 미안한 일이다.

참고로 네거티브 선거운동에 대해 한마디.

선거법 제58조 제1항을 보면 선거운동에 대해 다음과 같이 정의하고 있다. "당선되거나 되게 하거나 되지 못하게 하기 위한 행위." 따라서 네거티브는 경쟁 후보가 당선되지 못하게 하기 위한 합법적인 선거운동이다.

그러나 국민 정서상 네거티브는 비겁하거나 나쁜 방법으로 보인다. 그래서 후보의 이미지 관리를 위해 후보가 직접 네거티브를 하는 일은 되도록 피한다. 이러한 점을 고려해 나는 선거 당시 후보에게는 물론, 선거 조직 직속 상관이었던 기획본부장에게도 보고하지 않고 독자적으로 네거티브 선거운동에 관여했던 것이다.

당신이 대통령

2003년 12월 19일 대통령 선거 승리 1주년이 되는 날, 아는 분에게 전화가 걸려 왔다.

"이수 씨, 나 너무 행복해. 이제 원이 없어요…."

2002년 민주당 대통령 후보 경선 때 강원도 팀장을 맡았던 이순자 씨였다(그 후 서울시의원을 두 번 했고, 상임위원장도 한 강단 있는 여성 정치인이다).

그날 강원도 춘천에서 '강원도민과의 만남'이라는 대통령 행사가 있었는데, 노무현 대통령이 반갑게 인사해 줘서 그간의 섭섭함도 다 풀리고 이른바 지역사회에서 체면이 확실히 섰다는 것이다.

거의 모든 정치인이 그렇듯이 노무현 대통령도 대통령이 되기까지 많은 사람들의 도움을 받았다. 돈으로 후원한 사람들, 시간을 투자해서 득표 활동을 도운 사람들…. 특히, 전국 각 지역에서 노무현 후보를 알리고 지지를 구한 이른바 '땅개'들은 '노무현 전도사'이자 '무명의 용사'들이었다. 본부에서 활동한 사람들은 후보와 얼굴을 마주칠 기회가 많았지만, 지역에서 활동하는 '땅개'들은 그렇지 않았다. 선거에서 승리한 후에도 공직 진출 기회에서 후순위로 밀려났다. 그렇다 보니 지역에서 '낙동강 오리알' 아니냐는 비아냥을 듣기도 한다.

당시 민정수석실 행정관이었던 나는 부속실 등 관련 부서에 한 가지 제안을 했다.

"행사장 입구에 경선 때 동지들이 마중 나와 있도록 연락할 테니, 대통령께서 반갑게 인사해 주시면 된다. 경호실에는 미리 명단을 전달해서 제지하지 말도록 조치해 주고."

당연히 대통령은 승낙하셨고, 그날 강원도 춘천 행사장에서 실행에 옮기셨던 것이다.

물론 일요일에 청와대로 불러 식사 대접도 하고, 명절 때 대통령 명의의 선물도 보낸다. 그래도 명단에서 누락되는 사람들이 있게 마련이다. 그러면 당연히 서운해하는 사람들이 생긴다.

중요한 건 정성이고 최선을 다하는 것이다. 도와준 사람들을 잊지 않는다는 것. 그때 그 시절 한 사람 한 사람이 노무현이었다는 것. 그들이 있었기에 노무현 대통령이 탄생할 수 있었다는 것.

노사모뿐만 아니라 그때 같이했던 많은 사람들, 정말 고마운 분들이다.

처음 받은 돈

2003년 말, 청와대 조직 개편이 있었다. 나는 민정수석실 행정관에서 행사기획비서관으로 승진했다.

비서관이 되니 별도의 방이 제공되었다. 추가 옵션도 있었다. 행사기획비서관으로 발령되고 나서 며칠 후, 총무비서관에게서 만나자는 연락이 왔다. 총무비서관실로 갔더니 나에게 카드와 봉투를 건네며 말했다.

"황 비서관님은 창업공신입니다. '부족하지 않게 지급하라'는 대통령님의 특별 지시가 있었습니다. 대통령님께서 대통령의 업무추진비를 나눠 쓰는 겁니다. 일단 쓰시고 부족하면 더 요구하세요."

나로서는 1994년 노무현 대통령과 함께한 때부터 그때까지 10년 만에 처음으로 받아 보는 돈이었다. 그날 이후 나는 총무비서관에게 단 한 번도 추가로 요구하지 않았다. 아쉬운 소리 하고 싶지 않았다. 물론, 알아서 더 줬으면 거절하지 않았겠지만.

나는 카드와 업무추진비를 혼자 쓰지 않았다. 내가 속한 부서인 행사기획비서관실 행정관들과 나눠 썼다. 비서관 혼자 일하는 게 아니기 때문이다.

그런데 이게 문제가 됐다. 다른 비서관들로부터 항의를 받았던 것이다. 혼자 쓰지, 왜 행정관들과 나눠 써서 자기들을 곤란하게 만드냐는 것이었다.

아, 나는 그렇게 하는 것이 당연하다고 생각했는데, 관행에 대한 도전이 된 셈이다.

그러나 난 물러서지 않고 그 뒤로도 계속 업무추진비를 나눠 썼다. 비서관은 행정관들과 팀플레이를 해야 한다. 그래야 대통령을 더 잘 보좌할 수 있기 때문이다.

어쨌든 행사기획비서관실 행정관들은 정말 열심히 일했고, 다면평가에서도 높은 점수를 받아 당연히 승진도 잘됐다. 지금도 그때 함께 일했던 행정관들에게 고마운 마음을 간직하고 있다.

비의 고문

2004년 5월 15일 오전 10시, 청와대 본관 앞 잔디마당.
노무현 대통령이 대국민담화문을 낭독하기 시작했다. 대
통령을 중심으로 좌우에는 각 부처 장관들이 학익진 대형
으로 서 있었다. 나는 대통령을 거의 정면으로 마주 볼 수
있는 곳, 방송사 카메라 바로 뒤에 섰다.

그리고 대통령 가까이 카메라 사각지대에는 경호실 요원
한 명이 대통령 전용 우산을 들고 서서, 나의 수신호를 기
다리고 있었다. 비가 내리고 있었기 때문이다. 비가 많이
내리면 내 수신호에 따라 경호실 요원이 대통령에게 우산
을 씌워 드리기로 사전에 약속이 되어 있었다.

이날 대국민담화는 3월 12일 국회의 탄핵소추 결정 이후
5월 14일 헌법재판소의 탄핵 기각 결정까지, 두 달가량의

직무정지 기간을 마치고 다시 대통령 직무로 복귀해서 수행하는 첫 일정이었다.

빗줄기가 점점 굵어졌다. 야외 대국민담화를 고집했던 나는 점점 초조해졌다. 수신호를 보내야 할지 말지 고민되었던 것이다. 생방송 도중에 우산을 씌워 드리는 것도, 장관들은 비 맞게 놔두고 대통령만 씌워 드리는 것도, 국민들 눈높이에서 볼 때 보기 좋지 않을 것이기에 더 망설였다.

대통령의 10여 분 낭독이 몹시도 길게 느껴지면서 지난 며칠 동안의 일들이 주마등처럼 머릿속을 스쳐 지나갔다.

5월 14일 헌법재판소가 탄핵 기각을 결정하기 며칠 전, 청와대 참모들 사이에서는 탄핵 기각을 예상 또는 기대하는 분위기가 강했다. 대통령의 복귀 첫 일정을 두고 춘추관에서 기자간담회를 해야 한다는 주장도 있었고, 청와대 본관에서 대국민담화를 해야 한다는 주장도 있었다.

당시 행사기획비서관이었던 나는 부서 회의를 소집했다. 먼저 30대 중반의 오재록 행정관이 춘추관 기자간담회의 문제점을 지적했다. 춘추관은 기자들의 공간인 데다, 기자 간담회는 대통령의 메시지를 흐리게 할 수 있는 만큼 본관에서 대국민담화를 하자고 제안했다.

30대 초반의 강소엽 행정관은 한 발 더 나아갔다. 새 출발의 의미로 멋지고 규모 있게 본관 앞 잔디마당에서 장관들이 다 참석한 가운데 대국민담화 행사를 하자는 것이었다.

5월 13일, 행사 이틀 전으로 기억한다. 나는 관저로 올라갔다. 구두 보고를 했고, 구두 결재를 받았다. 춘추관 기자간담회가 아닌 본관 앞 대국민담화를 따냈다. 대신 기자간담회는 담화 며칠 후 별도로 추진하는 것으로 했다.

이제 준비하는 일만 남았다. 그러나 날씨가 문제였다. 그날 비가 온다는 일기예보가 있었던 것이다.

경호실에서 비가 올 경우의 문제점을 지적했다. 경호 규정상 방탄 기능이 있는 대통령 전용 연설 탁자를 반드시 사용해야 하는데 연설 탁자의 무게가 1톤이다, 10시 행사이므로 연설 탁자의 이동 배치를 고려할 때 실내 행사로 바꿀 경우, 두 시간 전인 8시까지는 결정해 달라 등등.

2004년 5월 15일 오전 10시, 탄핵 기각 결정 후 청와대 본관 앞 잔디마당에서
진행한 대국민담화. 그날 대통령은 고스란히 비를 맞으며 담화문 낭독을 끝냈다.

오전 7시 30분쯤, 오재록·강소엽 두 행정관을 불러 의견을
모았다. 기상예보 정보도 종합했다. 고심 끝에 야외 행사를
강행하기로 결정했다. 이제 하늘에 맡기는 수밖에 없었다.

내 귀에 대통령의 담화문 내용은 하나도 들어오지 않았다.
굵어지는 빗줄기에도 결국 나는 지옥에서 손에 땀을 쥐며
악마의 유혹을 이겨냈고, 대통령은 고스란히 비를 맞으며
담화문 낭독을 끝냈다. 생방송 도중 경호원과 우산이 TV
화면에 등장하는 돌발 사태 없이 행사가 끝난 것이다.

나는 안도의 한숨을 내쉬고 대통령에게 다가가서 말했다.
"대통령님, 복귀 첫날부터 비 맞으시게 해서 죄송합니다."

그러자 이어진 대통령의 한마디.

"괜찮았습니다. 비 맞을 만했어요.
수고 많았습니다."

관저에서의 담배와 술

대국민담화 며칠 후, 퇴근 무렵 대통령이 술 한잔 하자며 불렀다. 퇴근 후 관저로 올라갔다.

탄핵 직무정지 기간에 낮 시간에는 딱 두 번 올라가 봤다. 한 번은 정책조정회의 자료 보따리를 들고, 또 한 번은 대국민담화 건을 보고하기 위해서였다. 두 번 다 소파가 있는 방이었다.

첫 관저 방문 보고 때는 양손에 보자기로 싼 서류 뭉치를 들고 갔다. 대통령은 서류를 하나씩 꼼꼼히 읽어 보시고는 직무정지 상태라 사인은 하실 수 없지만 대신

"이수 씨, 이런 건 올리지 말라고 하세요."
"이수 씨, 이건 좋네요."

라고 하셨다. 그래서 관저에 올라갈 땐 자료를 좌우 구별 없이 들고 갔으나 내려올 때는 왼쪽 보자기엔 '노', 오른쪽 보자기엔 '예스', 대통령의 반응을 구분해서 들고 내려왔다.

저녁 시간에 관저를 방문한 것은 그때가 처음이었다. 대통령이 나를 맞이한 곳도 새로운 공간이었다.

대통령이 한쪽 테이블 의자에 앉아 계셨다. 다가가서 마주 앉으려는데, 대통령이 말씀하셨다.

"이수 씨, 담배 한 대만 주세요."

"네, 여기 있습니다. 근데, 여사님은 여기 안 오시나요?"
혹시 금연 관리·감시 목적으로 들르실 수도 있지 않을까 하는 우려에서였다.

"괜찮습니다. 한 대 더 주세요."
대통령은 니코틴 결핍이었는지 연달아 세 개피를 피우고 나서야 나에게 술을 고르라고 하셨다.

대통령이 가리킨 쪽을 보니 원형 홀의 곡선 벽에 책장 아닌 술장이 빙 둘러서 있었다. 술장에는 술병들이 진열되어 있었다. 세계 각국의 다양한 술이라고 했다.

나는 마시던 술 외에는 술에 대해 잘 몰랐기에 고를 수가 없었다. 대통령은 "나도 잘 몰라요" 하면서 마셔 본 적이 있는 술(조니워커블루)로 정했던 것 같다.

조니워커블루는 2002년 대통령 후보 경선 당시 기자 접대용으로 사용한 적이 있었다. 정부가 몰수한 밀수품을 매각할 때 싸게 구입한 것을 염동연 총장이 사무실 캐비닛에 보관해 두고 기자들 만날 때 쓰라고 해서 두 번쯤 들고 나갔다.

그날 대통령과 나는 이런저런 이야기를 나누며 술을 제법 마셨다. 5·15 대국민담화 행사 준비 과정, 민정수석실 행정관 때의 파견 공무원 인사 탕평책 등…. 특히, 탕평책에 대해서는 자랑삼아 보고드렸다.

민정수석실에 파견되는 각 부처 공무원들은 대체로 이른 바 SKY 출신이었다. 당시 민정수석실 면접관 역할을 맡았던 나는 SKY 명단을 퇴짜 놓고, 최대한 전국 각 지역에서 지방대 출신들까지 골고루 뽑았다. 비SKY 출신들은 예상 못 한 기회를 놓치지 않기 위해 훨씬 더 열심히 일했던 것 같다.

내가 이날 대통령과 맞담배를 피웠는지는 기억에 없다.

노무현 대통령은 애연가였다. 사실 이때도 공식적으로는 금연 중이었던 것 같다. 대통령이 되기 전에도 금연하신 적이 있었다. 2002년 경선 당시에는 금연 패치를 붙이고 다니셨다.

경선 초기였던 어느 날 아침, 참모들이 담배를 피우면서 회의를 하고 있는데, 곧 후보가 도착한다는 연락이 왔다. 금연 중인 후보를 배려해서 다들 급히 담배를 껐다. 하지만 담배 냄새와 연기는 남아 있을 수밖에 없었다. 회의실로 들어서던 노무현 후보가 킁킁거리면서 말했다.

"냄새 좋네요. 계속 피우세요.
그래야 나도 냄새라도 맡아 보죠."

어쨌든 이날 관저에서의 술자리가 대통령과 함께한 마지
막 술자리가 될 줄은 꿈에도 몰랐다.

바퀴벌레

2005년 11월 제17회 부산 APEC(아시아태평양경제협력체) 정상 회담 때의 일이다. 벡스코에서의 각국 정상 만찬 행사를 앞두고 리허설이 있었다. 주최국으로서 정성을 다하는 한편, 실수 없이 완벽한 행사를 치르기 위해서였다. 외교부가 주관한 이 행사는 외교부가 제일기획에 의뢰해서 준비하고 있었다.

리허설 현장에 도착하니 오재록 행정관이 먼저 와서 점검하고 있었다. 만찬장에는 음악이 흘러나오고 있었다. 〈스와니강〉, 〈라쿠카라차〉 등 귀에 익숙한 음악들이었다. APEC 참가국별로 한 곡씩 선정했다고 한다.

그런데 〈라쿠카라차〉를 듣는 순간, 1995년 좌우명 후보에서 아쉽게 탈락한 '역지사지'가 떠올랐다. 대학 시절 전공

과목 수업 때 교수에게 들은 내용도 떠올랐다. 문화상대주의, 해당 문화를 제대로 이해하려면 우리의 시각이 아닌 그들의 시각으로 봐야 한다는 것. 민정수석실 행정관일 때 몸에 밴 사고 예방 문제의식도 작동했다.

나는 외교부와 제일기획 담당자를 함께 불렀다. 그리고 "저 곡들이 우리에게는 친숙하지만, 해당 국가 정상들한테는 아닐 수도 있다. 특히 멕시코의 〈라쿠카라차〉는 확인해 볼 필요가 있다"고 지적했다. 그것은 '라쿠카라차'가 우리말로는 바퀴벌레이기 때문이었다.

마침 몇 달 전 멕시코로 출장갔을 때 호텔방 TV에서 제일 많이 들은 말이 '라쿠카라차'였다. 당시 남자 앵커가 자주 '라쿠카라차'를 외쳤는데, 나는 우리나라에서 쓰는 '아자아자' 또는 '아싸라비야' 같은 느낌을 받았던 것이다.

신속하게 멕시코 주재 우리 대사관에 연락해서 확인해 보라고 지시했다. 곧바로 답이 왔다.

"멕시코 대통령에게 〈라쿠카라차〉를 들려주는 것은 절대로 안 된다"는 것이었다. 〈라쿠카라차〉는 반정부 세력의 혁명가라는 것이었다. 우리만의 상식으로 인해 하마터면 외교적 결례를 범할 뻔했다.

참고로, 이 글을 쓰면서 확인해 보니 멕시코 혁명군 지도자 '판초비야'가 타고 다닌 검은색 자동차가 바퀴벌레를 닮아서 판초비야를 의미한다는 설도 있고, 바퀴벌레처럼 생명력이 강한 혁명군을 의미한다는 설도 있다고 한다.

"공천 헌금 받지 마라.
승리하는 것도 중요하지만,
승리를 지키는 것이 더 중요하다."

최전방으로

2006년 2월, 나는 사직서를 제출했다. 대통령의 지지도는 계속 떨어지고 있는데, 청와대 안에서 내가 할 일이 없다는 판단에서였다.

마침 2006년에는 지자체 선거가 예정되어 있었다. 선거 전망은 전혀 낙관할 수 없는 상황이었지만, 충남 한 곳만은 이기고 싶었고, 잘만 하면 이길 수도 있다고 판단했다. 2002년 대선 당시 행정수도 공약과 충남의 압도적인 지지를 다시 한 번 기대한 것이다.

임종린 충남도당위원장과 상의했다. 임 위원장이 충남 출신 장관을 만나 출마 제안을 했고, 그 장관이 긍정적인 답을 했다고 전했다.

임 위원장과 그 장관 그리고 나 셋이 함께 저녁식사를 했다. 장관이 출마할 경우, 나도 돕겠다고 했다.

사직서 제출 며칠 후, 대통령이 집무실로 불렀다.

"이수 씨, 출마해요?"
"아닙니다."
"근데 왜 사표 썼어요?"
"충남도지사 선거만큼은 이기고 싶습니다."
"후보는요? 이수 씨만 사표 쓰고 후보가 없으면요?"
"OOO 장관이 출마할 겁니다."
"어, 그 사람 나한테 아직 얘기 안 하던데요."

나는 대통령에게 임종린 충남도당위원장과 그 장관과의 만남에 대해서 보고했다.

"… 장관 할 사람은 많고 출마할 사람은 없고… 걱정입니다."

"내가 도와줄 거 없어요?"

나는 2년간의 비공식 역할에 대해서 보고했다.
'그동안 내 방은 취업대기실이었다, 경선을 도왔던 금강캠프 출신자 중 실업자들의 취업을 도와 왔다, 조직팀의 윤제술 씨가 종합해서 추천했다, 이제 누군가가 그 역할을 계속해야 한다….'

이야기를 들은 대통령은 바로 제1부속실장에게 지시를 했다. "내일 윤제술 씨 약속 잡아 주세요."

윤제술 씨는 다음날 청와대에서 대통령을 만났다고 했다. 임종린 충남도당위원장도 며칠 뒤 청와대에서 대통령을 만났다고 했다. 그리고 대통령으로부터 따끔한 충고도 들었다고 했다.

"공천 헌금 받지 마라.
승리하는 것도 중요하지만,
승리를 지키는 것이 더 중요하다."

나에게는 선거가 끝나면 선거 결과에 관계없이 청와대로 복귀할 것을 지시했다. 그러나 나는 이러저러한 이유로 끝내 복귀하지 못했다.

나는 집무실을 나오자마자 그 장관에게 전화해서 "장관 할 사람은 많고 출마할 사람은 없어서 대통령이 걱정하시더라"고 전했다. 그 후 장관은 신속하게 사표를 쓰고 충남도지사에 출마했다.

나는 충남 천안으로 내려가 또 여관방에서 숙식하며 선거를 도왔다. 하지만 박근혜 얼굴 테러 사건이 터지면서, 얼굴 테러 쓰나미가 밀려와 선거는 속수무책으로 지고 말았다.

님의 침묵

2006년 6월 지방선거 패배 이후 백수 생활이 이어졌다.
해가 바뀌어 2007년 초, 청와대 모 비서관으로부터 전화
가 왔다. 대통령이 나의 복귀를 결정했다는 내용이었다.
조만간 공식 라인에서 연락할 것이니 복귀할 준비를 하라
는 것이었다.

그러나 한 달이 지나고 두 달이 지나도 연락이 없었다. 나
의 복귀를 강하게 반대하는 목소리가 있어, 결국 무산된
것이었다. 당시에는 서운함과 섭섭함으로 스트레스를 제
법 받았다. 대통령과의 면담도 생각해 봤지만 부질없는 짓
같아 포기했다.

2007년 4월, 스트레스를 풀고 마음을 가다듬기 위하여
〈님의 침묵〉 만해 한용운 선생의 체취가 남아 있는 설악산

2007년 4월, 필자는 스트레스를 풀고 마음을 가다듬기 위해
만해 한용운 선생의 체취가 남아 있는 백담사를 찾았다.
돌이켜보면 결국 내 탓이라는 생각이 들었다.

백담사를 찾아갔다.

그런데, 정말 우연히 사진 한 장이 눈에 들어왔다. 도끼로 장작을 패고 있는 전두환 씨의 사진이었다. 친구이자 군사 쿠데타 동지였던 노태우 대통령이 백담사로 귀양 보냈기에, 저 도끼질에는 노태우에 대한 원망과 분노가 담겨 있으리란 상상을 하자 웃음이 빵 터졌다.

나의 청와대 복귀 무산은 정말 아무것도 아니라는 생각에 스트레스가 다 날아갔다.

돌이켜보면, 결국 내 탓이라는 생각이 들었다. 나의 거침없는 언행으로 인해 여러 사람들이 불편했을 것이고, 이는 나의 복귀 무산으로 이어졌으리라.

나의 보물 1호

우리 집에는 대통령의 사인이 세 개나 있다. 그중 두 개는 2003년 3월 16일 일요일 점심, 청와대 가족 동반 행사 때 상춘재에서 당시 초등학교 6학년, 3학년 두 딸이 공책에 받은 대통령의 사인이다.

둘째 딸 민주는 그다음 날 일기에 이렇게 썼다.

어제 노무현 대통령 아저씨를 만난 것을 친구들에게 자랑했다. 친구들은 진짜냐고 물어 보기도 했고, 좋겠다는 말을 했다. 우리반에선 대통령 도와드리는 부모님은 우리 아빠뿐이다. 그래서 난 아빠가 자랑스럽다….

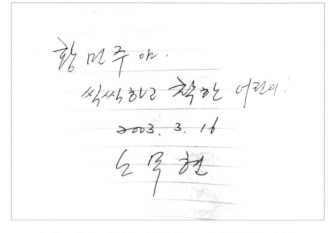

2003년 3월 16일 일요일 점심, 청와대 가족 동반 행사 때 상춘재에서
당시 초등학교 3학년이었던 둘째 딸이 공책에 받은 대통령의 사인

1995년 6월 부산시장 선거 때가 생각난다.

부산 어느 아파트 입구 상가 앞 후보가 거리 연설을 했을
때였다. 장을 보다가 노무현 후보의 연설을 경청하는 주부
들, 집에서 교과서를 들고 나와 사인을 받는 어린이들, 지
나가는 버스 안에서 창문을 열고 노무현을 연호하던 중·고
등학생들의 모습이 주마등처럼 지나갔다. 당시 나는 기자
들과 같이 그 모습을 보다가 감격의 눈물을 흘렸다. 후보
가 너무 자랑스러웠다.

세 번째 사인은 2008년 2월 25일 대통령 퇴임 당일, 봉하 마을로 내려가는 KTX(정확히는 서울역에서 밀양역까지) 안에서, 그보다 한 달 전쯤 평양에 갔을 때 구입한 평양 지도에 받은 사인이다.

나는 당시 평양 외곽 대동강 동남쪽 사동구역(개발 이전 잠실 지역쯤)에 1차로 의류 공장을 건립하는 남북경협 사업을 추진하고 있다고 보고드렸다.

그러자 '성공을 기원합니다 노무현' 사인을 하면서 하신 말씀.

"근데, 이제 내가 대통령 아니네요."

옆에 있던 이재정 통일부 장관도 사인을 하시며 한 말씀 하셨다.

"나는 아직 장관입니다."

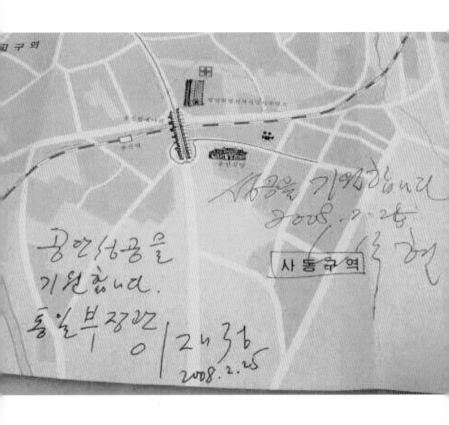

나의 보물 1호인 노무현 대통령의 평양 지도 사인.
2008년 2월 25일 대통령 퇴임 당일, 봉하마을로 내려가는 KTX 안에서 받은 사인이다.

평양 지도 사인은 나의 보물 1호다. 우주에 단 하나밖에 없는 보물이다. 노무현재단에도 지금까지 이야기하지 않았다. 사업에 성공한 고등학교 친구가 노무현 대통령의 팬이라면서 '내 보물 1호'를 거액에 사고 싶다고도 했다.

사인을 받고 나서 한 달 뒤쯤인 3월 2차 방북 때, 노무현 대통령의 사인을 받은 평양 지도를 가지고 갔다. 이를 북측 관계자들에게 보여주자, 차렷 자세를 취하며 깍듯이 예를 갖추던 그들의 모습이 떠오른다.

왜 그랬을까? 얼마나 힘드셨을까?
연초에 인사 갔어야 했는데….
그 모습이 내가 본 마지막 모습이었다니.
원망과 분노, 자책과 후회가 밀려들었다.

아, 그날!

2009년 5월 23일 토요일, 아직 해가 뜨기 전.
경기도 일산에 사는 나는 북한산(삼각산)으로 산책을 가던 중이었다. 지축역에서 내려 삼각산 초입 사찰까지 가는 불교 신도용 봉고차를 탔다. 차 안에는 절에 가시는 아주머니들이 대부분이었는데, 그날따라 몹시 소란스러웠다.

"노무현 대통령이 죽었대…."

황당한 소리라고 생각하고 있는데 전화가 왔다. 오재록 행정관이었다.

"대통령님께서 돌아가셨답니다."

청천벽력이었다. 멍했다. 아무 생각도 나지 않았다. 차에서 내려 땅만 보고 걸었다. 그러다가 멈췄다. 절벽 끝이었다.

등산로를 벗어나 무작정 걸었던 것이다.

정신을 가다듬고 등산로를 찾아 다시 걸었다. 걷다 보니 정상이었다. 백운대 바위에 누웠다. 갑자기 술 생각이 났다. 산에서 내려와 등산로 입구 음식점에서 혼자 막걸리를 들이켰다.

왜 그랬을까?
얼마나 힘드셨을까?
연초에 인사 갔어야 했는데….

2008년 2월 25일 대통령 책임을 벗고 고향 봉하마을로 내려가셔서 "야, 기분 좋다"고 외치시던 모습이 아직도 눈에 선한데….

그 모습이 내가 본 마지막 모습이었다니….
원망과 분노, 자책과 후회가 밀려들었다.

대학 시절의 충격이 되살아났다.

대학 4학년 때인 1986년 4월 28일, 당시 수배 중이었던 나는 학교에 경찰이 배치되기 전인 새벽 5시쯤 교내로 들어가 학생회 사무실에서 대기하고 있었다. 전날 '양키의 용병교육 전방입소 거부투쟁' 실패 후 후속 대책으로 신림4거리 가두집회와 학내 아크로폴리스 집회를 결정했는데, 내가 학내 집회 책임을 맡았기 때문이다. 이재호 반전반핵 투쟁위원장과 김세진 자연대 학생회장은 신림4거리 집회 책임을 맡았다.

신림4거리 진행 상황과 결과를 기다리고 있는데, 눈동자가 시퍼렇게 변한 후배가 타다 만 러닝셔츠를 들고 학생회 사무실로 뛰어들어왔다. 재호와 세진이가 분신했다는 것이었다.

어찌 이럴 수가….
전날 늦은 밤 중대 앞 포장마차에서 소주 한잔 같이 마시며, 석방되고 한잔 더 하자며 서로 격려했던 재호와 세진이가….

전혀 예상하지 못했던 두 친구의 분신을 접하고 받은 충격은 내 인생의 첫 번째 트라우마가 됐고, 두 친구에 대한 부채 의식은 지금까지도 내 삶에 큰 영향을 미치고 있는데…. 노무현 대통령의 투신은 내 인생 두 번째 충격이었다.

봉하마을로 내려갔다. 빈소에는 많은 사람들이 모여 있었다. 하룻밤이 지나고 24일 일요일, 빈소를 책임지고 있던 이호철 선배가 나에게 부탁을 했다. 조문 오고 싶어도 봉하 빈소 분위기상 오기 불편한 여권 보수 쪽 인사들도 조문할 기회를 주기 위해 서울에 분향소를 설치할 예정이니 서울로 올라가서 조문을 받아 달라는 것이었다.

빈소를 지키고 싶었지만 나는 곧바로 서울로 출발했다. 봉하마을 입구에서 두 사람을 만났다. 둘 다 83학번 대학 동기로, 노무현 정부 청와대 민정수석실 특감반장을 지낸 현직 검사들이었다. 윤대진 검사와 조남관 검사였다. 지금은 둘 다 변호사이다. 당시 조문 다녀간 검사들이 더 있는지 모르겠지만, 나는 그때 이 두 검사를 기억하고 있다. 당시 검찰 상황으로 보아 눈치 많이 보였을 텐데…. 그래도 조문 와줘서 고마운 마음을 간직하고 있다.

서울에 도착한 나는 분향소 책임을 맡은 김창호 전 국정홍보처장, 청와대 제도개선비서관을 지낸 곽해곤 선배 등과 함께 경희궁 터 서울역사박물관 분향소에서 장례식이 끝날 때까지 상주 역할을 했다. 별로 상대하고 싶지 않은 보수 쪽 조문객들이었지만….

분향소에서 쪽잠을 자다가 꿈속에서 대통령을 만났다.

마치 미국 영화에서 봤던 장면처럼
노무현 대통령이 뚜껑 열린 관 속에 누워 있다가
한숨 잘 잤다는 표정으로 일어나셨다.

부활이었다!

너무 많은 사람들에게 신세를 졌다.

나로 말미암아 여러 사람이 받은 고통이 너무 크다.

앞으로 받을 고통도 헤아릴 수가 없다.

여생도 남에게 짐이 될 일밖에 없다.

건강이 좋지 않아서 아무것도 할 수가 없다.

책을 읽을 수도 글을 쓸 수도 없다.

너무 슬퍼하지 마라.

삶과 죽음이 모두 자연의 한 조각 아니겠는가?

미안해하지 마라.

누구도 원망하지 마라.

운명이다.

화장해라.

그리고 집 가까운 곳에 아주 작은 비석 하나만 남겨라.

오래된 생각이다.

– 노무현 전 대통령 유서

시원섭섭하다.

쓰고 싶은 걸 쓸 수 있어서 시원하고, 쓰고 싶은 걸 못
써서 아쉽다. 이 사람 저 사람 프라이버시를 고려해서 차
떼고 포 떼다 보니….

1994년부터 2008년까지 많은 시간을 함께했지만,
나는 그분의 몇 %나 보고 느꼈을까?

나의 이 글을 시작으로, 많은 분들이 간직하고 있을 소중한
추억의 조각들이 모아진다면 우리는 그분의 진심이 담긴
모습을 좀 더 풍부하게 느낄 수 있을 것이다.

'진심'이 그리운 시기를 보내고 있다.

2022년 5월 23일 그날, 나는 봉하마을에 가지 않았다.
진심과 가식이 뒤섞여 있는 그날의 그 자리는 피하고 싶었다. 오롯이 진심으로만 '진심 노무현'을 뵙고 싶었다. 이틀 뒤에 혼자 조용히 가서 흰 국화 한 송이를 드리고 왔다.

글을 시작하고 마칠 때까지 많은 분들이 떠올랐다.
2002년 노무현 후보의 민주당 경선 승리를 위해 음지에서 헌신했던 윤제술·임종린 두 선배와 문용욱·백원우·여택수·송인배·이정민·전재수 등 후배들, 대통령이 떠나신 이후 물심양면으로 지원을 아끼지 않은 친구 노일환(노 대통령의 조카), 그리고 어려울 때마다 도움을 주신 국승철·김명재·노은호·노재근·박재만·이성규·최병학·최안용·최홍관 등 선배들과 사명해·윤성용·이은숙·이정승·장용성·정인호 등 친구들, 이승교·전홍정·정국채·허철 등 후배들….

그리고 나의 가족에게도 낙제점 가장으로서 미안하고 고마울 뿐이다.

내가 이 세상을 떠날 때까지 이 사람들에 대한 고마운 마음을 계속 간직할 것이다.